"여자중심"

여자 중심

2016년 4월 20일 초판 1쇄 인쇄
2016년 4월 27일 초판 1쇄 발행

지은이 | 송창민
펴낸이 | 윤정희
펴낸곳 | (주)황금부엉이

주소 | 서울시 마포구 양화로 127 (서교동) 첨단빌딩 5층
전화 | 02-338-9151
팩스 | 02-338-9155
인터넷 홈페이지 | www.goldenowl.co.kr
출판등록 | 2002년 10월 30일 제 10-2494호

본부장 | 홍종훈
디자인 | agentcat
전략마케팅 | 구본철, 차정욱, 나진호, 이동후, 강호묵
제작 | 김유석

ISBN 978-89-6030-456-7   03810

여자중심

송창민 지음

BM 황금부엉이

네모를 조금만 기울이면 다이아몬드가 된다.

혹시 당신도 (네모가 아니라) 빛나는 다이아몬드가 아닐까?

중심 있는 여자가 사랑받는다

- 남들이 원하는 조건을 갖췄는데도 자존감이 없다.

- 좋아하는 남자가 먼저 손을 내밀어도 관계를 유지하지 못한다.

- 자신을 떠나는 것이 두려워 무조건 남자에게 맞춰주지만 또 이별과
  만난다.

- 다시 만나고 싶어도 지금 내 모습이 초라해서 다시 다가갈 수 없다.

- '나도 살을 빼고 얼굴을 고치면 사랑받을 수 있을까?'라고 생각한다.

    자기중심적으로 연애하지 않는 여자들의 일반적인 모습이다. 요즘 많은 여자가 조건과 상관없이 자존감이 낮고 자신의 가치조차 제대로 알지 못한다. 그래서 좋아하는 남자가 생겨도 자신의 가치를 표현하지 못한다.

    '이 남자가 날 싫어하면 어떻게 하지?'

    헤어지는 것이 두려워 무조건 맞춰주고 잘해주기만 한다. 그렇게

자기중심적이지 못하면 휘둘리다 결국 질린 남자에게 버려진다.

자신의 가치를 알지 못한다면 사랑의 중심을 잡을 수 없다. 자신만의 주관을 갖고 '좋다.', '나쁘다.'를 분별할 줄 알아야 연애할 때, 사랑할 때 자신이 원하는 대로 이끌 수 있다.

사실 외부적인 조건이 아니라 '나'라는 주체의 생각, 표정, 태도, 취향, 의견 등에 따라 얼마든지 좀 더 나은 사람으로 성장하고 자신만의 가치를 표현할 수 있다.

지금은 스마트 폰 시대다. 한 손으로 세계 모든 정보를 흡수하는 요즘 세대들은 웬만한 것으로는 쉽게 자극받거나 감동받지 않는다. 그래서 연애라도 정당하고 합리적인 자기만의 가치를 갖고 나아가지 않으면 솔로는 언제나 솔로일 뿐이다. 쉽게 운명을 기대할 수 없고 실력이 없다면 행운도 주어지지 않는다.

그런 의미에서 이 책은 자신만의 가치를 발견하고 성장하며 또한 표현할 수 있는 방법을 알려준다. 더 이상 자기중심적인 자세를 잃지 않고 사랑에 실패하지 않도록 다양한 내용과 실제 사례들을 통해 통찰력도 길러준다. 그렇게 자신에 대해 다시 한 번 생각하고 부족한 점을 하나둘 발견하며 성장할 때, 진정한 자존감을 확립하고 두려움 없이 세상과 사랑을 이끄는 사람이 될 수 있다.

이 책은 연애 전부터 연애 후반까지 점진적으로, 그리고 시기에 맞게 (연애에 대한) 자존감을 갖출 수 있도록 구성되어 있다. 항상 자신을 의식하며 깨어 있는 정신으로 이 책과 함께 나아간다면 있는 그대로의 '나'로서도 충분히 사랑받을 수 있는 소중한 존재와 사랑의 대상이 될 것이다.

스스로 괜찮은 사람이 될 때, 사랑에 성공한다. 이 책이 독자 여러분에게 자신을 성장시킬 수 있는 자극과 영감을 줄 수 있길 바란다.

3장 | 남자를 알아야 중심을 잡을 수 있다

5장 연애 승(承) 서서히 연락이 끊기는 여자가 되지 마라

1장

연애할 때에는
중심이 필요하다

01

남자가 떠나도 **쿨하게**

여자는 연애할 때 남자가 변할 것 같아 두려움을 느낀다. 여자가 좋아져 갈 때 남자는 좋아하고, 여자가 좋아할 때 남자는 사랑하고, 여자가 사랑할 때 남자는 이별을 선택하기 때문이다. 그래서 많은 여자가 괜찮은 남자와의 연애조차 망설이게 된다. 남자가 좋아한다면서 따라 다녀도 마찬가지다.

심하면 시간이 갈수록 남자를 의심하고 추궁할 뿐만 아니라 자꾸만 애정을 확인하려고 괴롭힌다. 사랑이 식었다는 증거라도 발견하면 더 민감해지면서 날카롭게 군다.

남자를 믿지 못해서 두려운 걸까? 혹시… 자신을 믿지 못해서 두려운 것은 아닐까?

남자가 여자를 사랑할 때, 여자는 자신의 가치에 의문을 품어서는 안 된다.

'그가 나를 왜 사랑하지?'

그러면 사랑의 주체성을 상실하고 남자의 감정이 아닌 기분에 따라 움직이는 꼭두각시가 된다.

자신이 사랑받을 수 있는 여자라는 사실을 스스로 인식하고 있어야 사랑이 편해진다. 남자와의 사랑은 우연이나 행운이 아니다. 정당한 나의 가치 때문이다.

- 나의 의지가 담긴 내 체형은 남자를 설레게 한다.
- 나는 피부 톤에 맞는 색상의 의상을 알고 있다.
- 나의 말투는 도전적이지 않고 상냥하다.
- 나의 표정은 감정을 구체화한다.
- 나는 상대방의 가치를 존중할 줄 안다.
- 나는 말할 때 배려가 담긴 단어를 선택한다.
- 나는 나만의 취향을 갖고 있다.
- 나는 좀 더 다양한 방식으로 '나'라는 사람을 연주할 수 있다.
- 나는 자신을 알고 있으므로 줄 수 있는 사랑과 받을 수 있는 사랑에 대해 확실히 구분한다.

사랑에 대한 두려움은 자신의 가치가 명확해질 때 사라진다.

지금 당신 앞의 남자가 당신을 아무리 사랑한다고 맹세해도 내일의 감정에 대해서는 약속할 수 없다. 사랑에 대한 확인 사살은 불안을 떨치기 위한 일시적인 자기 합리화에 불과하다.

사랑이라는 감정에 의지하기보다 나란 존재 자체에 의지해야 한다. 내일의 사랑을 의심하기보다 오늘의 사랑을 보여줄 수 있는 여자여야 한다.

오늘보다 내일 더 괜찮은 여자가 되기 위해서 노력하라. 그때 남자는 내일의 사랑을 약속한다. 설령 그 남자가 떠나도 더 이상 두렵지 않다. 단지 그 남자가 당신의 가치를 알아보지 못했을 뿐이기 때문이다.

자신을 아는 여자는 아쉬움이 없기 때문에 의존하지 않는다.
그래서 아무런 두려움 없이 자유롭게 사랑할 수 있다.

02

왜 **매력적**인데도
매번 사랑에 **실패할까?**

연애 경험이 적어서 연애 초보가 아니다. 연애할 때마다 사랑에 실패하기 때문에 '연애 초보'다. 다시 말해, 연애 초보란 (상대방이 생각하는) 사랑의 리스트(대상)에서 제외되는 사람이다. 대개 연애 초보는 다음과 같은 특성을 갖고 있다.

자기밖에 모른다

연애 초보는 상대방과 호흡하지 못한다. 상대방을 배려하면서 천천히 먹을 수 있지만 "난 다 먹었어! 자기 혼자 먹어!"라고 말하는 등 자기밖에 생각하지 않는다. 상대방과 호흡하는 자세가 필요하다.

꾸미지 않는다

잘 보일 사람이 없다고 해도 꾸미지 않으면 안 된다. 자기다워지기 위해서 꾸며야 한다. 그래야 단순히 예쁜 모습보다 가산점을 받는다.

색안경을 끼고 있다

직접 상대방을 관찰해야 알 수 있다. 하지만 연애 초보는 주변 사람들에게 들어왔던 상대방의 특성과 혈액형, 별자리 등을 상대방에게 끼워 맞추고 있다. 선입견이라는 색안경을 벗어야 상대방을 정확하게 볼 수 있다.

주체성이 없다

연애 초보는 "쿠키 드실래요?"라며 상대방의 동의를 구한 다음, 움직인다. "우리 함께 쿠키 먹어요!"라며 주체성을 갖고 제안하면 상대방을 주도할 수 있다.

유치한 방법으로 관심을 표현한다

연애 초보에게 남자가 접근하지 않는 이유는 그 유치한 표현 방법 때문이다.

A. 일부러 무관심한 척한다. → 요즘 남자들은 금방 포기한다.
B. 다른 남자에게 더 잘해주면서 질투심을 유발한다. → 가벼운 여자라고 생각될 뿐이다.
C. 놀리며 괴롭힌다. → 당신 앞의 남자는 초등학생이 아니다.

감정을 편식한다

감정에 대한 편식이 심해 다양한 감정을 소화하지 못한다. 상대방이 조금만 좋지 않은 소리를 해도 금방 마음의 문을 걸어 잠근다. 그렇게 되면 만남 자체가 불편해지고 마음이 경직되어 상대방을 진심으로 대할 수 없다. 부정적인 감정에도 성숙해질 필요가 있다.

우선순위가 불명확하다

지금 이 상황에서 뭐가 더 중요한지 다시 한 번 생각해본다. 정말 함께 있는 연인보다 친구와의 통화가 더 중요하다고 여기는가?

과연 연애를 잘한다는 것이 무엇일까? 결혼하고 영원히 사랑해야 연애를 잘하는 것일까? 때로는 심하게 다툴 수도 있고 사랑하는 사람과 헤어질 수도 있다. 하지만 서로에게 자극받아 더 괜찮은 사람으로 성장하고, 연애하기 전보다 감정적으로 성숙할 수 있다면 그것이 바로 연애를 잘하는 것이 아닐까? 설령 헤어지더라도 함께 했던 시간을 후회하지는 않을 테니까.

시비 걸고 화를 내면서 자신을 사랑하고 있다는 증거를 찾는 유아적인 여자는 남자를 지치게 하여 결국 떠나게 만든다. 그런데 남자의 사랑이 약해서 이별했다고 한다.

솔로 탈출의 제1원칙, 유연성

연애는 유연성이다. 연애방식이 유연하지 못하면 나와는 본질적으로 다른 타인을 대하기 어렵다. 그런데 여자는 크게 다음과 같은 3가지 제약으로 연애관이 굳어 있다.

예전에 사귄 남자로 인해 생긴 불신

한 남자의 성향을 모든 남자의 성향으로 치부해버린다. 그에게 배신당했을 뿐이면서 모든 남자가 자신을 배신할 것이라고 착각한다.

'역시 남자는 다 똑같아!'

이런 생각이 배신보다 더 위험하다. 당신의 믿음은 사랑 때문이 아니라 그 남자 때문에 깨진 것일 뿐이다. 사랑의 가능성을 과거의 경험으로 제한하지 마라. 사랑은 합작품이다. 누가 누구를 만나느냐에 따라 얼마든지 달라질 수 있다.

그를 알 때까지의 시간

여자는 "아직까지 잘 모르겠어….'라며 자연스러울 수 있는 상황을 어색하게 만든다. 자신의 본능적인 감각만으로 타이밍을 맞추지 못한다. 남들이 정해 놓은 안정적인 타이밍에 자신을 끼워 맞추려고 한다.

3개월은 만나야 그를 제대로 알 수 있을 것 같은가? 언제 우리가 오래 만난다고 잘 알 수 있었던가? 아직 자기 자신조차 제대로 알지 못하는데 말이다.

물론 그렇다고 해서 자신을 완전히 오픈(open)하라는 말은 아니다. 자신을 지킬 수 있는 범위 안에서 유연하게 선택하는 것이다. 부디 키스할 수 있는 최적의 타이밍을 '키스는 세 번째 만남 이후부터'라는 규칙 때문에 날려버리지 않기를 바란다.

그에 관한 주변 사람들의 평가

주변 사람들의 무책임에 희생당해서는 안 된다. 때로는 친한 친구조차 너무 무책임하게 나에 대한 의견을 제시한다.

나: 긴 머리가 어울려? 짧은 머리가 어울려?
친구: 응! 넌 긴 머리가 잘 어울리지!

짧은 머리라도 스타일에 따라 긴 머리보다 훨씬 잘 어울릴 수 있는데도 친구는 그냥 그럴 것 같다는 '짐작'으로 말을 던진다. 그런데 당신은 그 말을 맞는다고 '확신'한다. 자신이 사랑하는 사람에 관해서도 마찬가지다. 나만이 갖고 있는 구체적인 믿음보다 타인의 짐작을 더 존중하는 우(愚)를 범한다.

우리가 보고 듣는 사랑은 전형적이지만 사람들은 참으로 다양하게 사랑하고 있다. 남자가 양다리를 걸치고 있다는 사실을 알면서도 사랑하고, 처음 만나 섹스를 한 남자와 오래 사귀기도 하고, 친구들과 부모까지 버리고 그 남자와 살기도 한다. 무엇이 옳고 그른지는 필자도 아직 잘 모르겠다.

그렇지만 현재 그들은 서로 사랑하고 있으니 사랑은 참으로 유연한 것 같다.

TV 드라마에서처럼 연출된 상황에 길들여지면
자신의 운명을 연출할 수 없다.
운명은 각본이 없기 때문에 '설렘'으로 다가갈 수 있다.

예쁘다고 남자가 **쫓아오는** 것은 아니다

크리스마스가 얼마 남지 않은 주말 오후, 혹시 모를 인연을 기대하며 남자 2명이 번화가로 나섰다.

남자 1: 저 여자 어때?

남자 2: 걸음이 너무 빨라. 그리고 이어폰을 꽂고 있잖아.

남자 1: 그럼 저 여자는? 섹시해 보이는데!

남자 2: 너무 날라리로 보여.

남자 1: 저 여자 정도면 무난한데?

남자 2: 옆에 있는 여자의 나이가 너무 많아. 보호 차원에서 참견할 걸….

남자 1: 저기 봐봐! 둘 다 너무 괜찮아!

남자 2: 같은 유니폼이야. 직장 동료겠지. 저런 스타일의 경우 거절을 통해 자신의 우월감을 증명하지. '나는 웬만큼 괜찮은 남자가 아니면 거들떠보지 않아.'와 같은 인상을 심어주는 편이 자신에게 더 좋다고 생각하거든. 서로 경쟁관계가 아닌 친한 친구 사이라면 다르겠지만….

남자 1 : 그나저나 너도 이렇게 돌아다니면서 느껴지지 않니?

남자 2 : 물론이야. 너도 느꼈구나! 한국 여자들의 표정이 너무 어두워. 그래서 쉽게 다가가기 힘들어.

남자 1 : 그래, 맞아. 마치 증명사진 같은 표정으로 걸어 다니는 유령 같아. 어떤 피해의식이라도 있는 걸까?

남자 2 : 남자는 가장 먼저 여자의 표정을 보고 다가갈지 말지를 결정하는 데 말이지.

이 남자들의 대화 속에서 여자는 스스로 자각할 수 없었던 바리게이트를 발견할 수 있다. 남자는 다음과 같은 여자에게는 쉽게 다가가지 못한다.

A. 뭔가에 열중하고 있는 여자

B. 노출이 심하고 화려하게 꾸민 여자

C. 나이 차이가 많은 언니와 함께 가는 여자

D. 서로 경쟁관계에 있는 여자(전부 다 예쁜 여자들과 같은 유니폼을 입고 있는 무리)

E. 표정이 굳어 있는 여자

남자는 여자에게 다가갈 이유보다 포기해야 할 이유에 더 적극적으로 반응한다. 남자는 거절당할 확률이 높은 여자에게 절대로 접근하지 않는다. 자신감과 용기는 별개의 문제다. 실제 자신(남자)이 거절하는 걸로 합리화하기 때문이다. 그동안 당신이 괜찮은 여자인데도 따라오는 남자가 없었다면 앞에서 말한 이유가 크다.

물론 남자를 의식하지 않고 상황에 따라 자유롭게 행동했을 것이다. 하지만 지금보다 좀 더 밝고 명랑한 미소가 필요하다. 여자의 미소는 남자에게 저 여자와 잘될 수도 있겠다는 무모한 가능성을 심어준다. 그 가능성을 믿고 자신의 모든 것을 걸게 될지도 모른다.

"나는 네가 날 보고 웃는다고 착각했거든. 그때 네 표정을 오해했다면 지금의 우리는 어떻게 되었을까?"

남자는 예뻐서가 아니라
괜찮을 것 같아서 따라간다.

05
여자가 **적극적**이면
남자는 **싫어할까?**

여자라도 남자에게 먼저 다가가 연락처를 물어볼 수 있다. 여자라고 해서 항상 운명에 기댈 필요는 없다. 여자가 그렇게 하면 매력이 떨어진다고 생각하지만 그건 사람 나름이다. 자신의 운명을 개척하는데 있어 성별은 무관하다.

지금까지 필자에게 먼저 다가와 연락처를 물은 여자들의 방법들을 살펴보며 스스로 인연을 만들 수 있는 여자가 되어 보자.

• 아는 선배와 식당에서 밥을 먹고 있었는데 한 여자가 필자에게 다가와 쪽지를 내밀었다. 쪽지에는 연락처와 함께 간결한 문구가 적혀 있었다.

'우리 커피 한 잔 해요.'

여자가 그럴 수 있다는 것 자체에 큰 호기심을 느꼈던 필자는 서둘러 그녀를 만났다.

- 학교 PC 실습실에서 인터넷을 하고 있었는데 한 여자가 다가와 캔 커피를 내밀었다. 캔커피에는 잠깐 밖에서 이야기 좀 하자는 내용이 적힌 노란 포스트잇이 붙어 있었다. 그녀가 마음에 들고 안 들고를 떠나 일단은 이런 사건 자체가 기분 좋았다.
- 시내에서 친구를 기다리고 있었는데 한 여자가 다가와 연락처를 물어봤다.
"제 친구가 마음에 든다고 해서요, 연락처 좀 가르쳐주세요."
- 클럽에서 한 여자가 다가와 스마트 폰을 내밀며 연락처를 누르는 손동작을 보였다. 서로가 말은 주고받지 않았지만 충분히 이해했고 연락처를 가르쳐줬다.
- 아르바이트를 할 때였다. 같이 일하던 한 여자가 휴대전화를 찾지 못했으니 잠깐만 휴대전화를 빌려 달라고 했다. 그녀는 필자의 휴대전화로 자신의 휴대전화에 전화를 걸었다.

아무리 마음에 들어도 모르는 사람에게 다가가 연락처를 물어보기란 남자 입장에서도 그리 쉽지 않다. 이상한 사람으로 오해받기도 하고, 가벼운 사람 취급을 당하기도 한다. 또한 거절당하면 자존심이 상하고 연락처를 받아도 그 사람의 근본을 모르기 때문에 망설여지게 된다.

그렇지만 가능성 때문에 밑천 없는 용기를 한번 내어 보는 것이다. 소개팅보다 더 괜찮은 사람을 만날 수 있는 가능성, 크리스마스이브를 연인과 함께 보낼 수 있다는 가능성, 그렇게 기다리던 내 운명의 짝과 만날 수 있다는 가능성!

이 정도의 가능성이라면 충분히 시도해볼 가치가 있다. 만났는데
생각과 다를 경우 거절하면 그만이다. 어차피 호감 있어서 한 번 만나
보는 것일 뿐이니까.

남자는 적극적인 여자를 싫어하는 것이 아니라
별로인 여자가 적극적인 것을 싫어할 뿐이다.

06
마음의 문은 **닫아도**
잠그지 않는다

사랑의 경험이 없어도 '나에게는 …한 사랑이 맞아.'라며 각자 저마다의 사랑을 정의할 수 있다. TV나 사람들을 통해 그렇게 배워 왔기 때문이다. 그런데 그 틀에서 조금만 벗어나도 사랑을 의심한다.

'만나게 된 지 하루 만에 사귀자고 했으니까 이건 사랑이 아니야.'

사실 그 누구도 사랑을 확신해줄 수 없다. 사랑의 옳고, 그름은 정의가 아니라 '주관'이다.

사랑은 유연해서 어떤 상대방이냐에 따라 형태가 달라진다. 하지만 아직 경험이 부족하고 낯설어서 사랑이 아니라고 단정 짓는다.

시작부터 그런 경우가 많다. '길에서 말을 걸었기 때문에', '나이트에서 부킹을 했기 때문에', '클럽에서 만났기 때문에' 운명이 아니라고 생각한다. 가벼움에 치를 떨기도 한다. 하지만 단지 자신이 원하던 방식이 아니었다고 해서 사랑의 가능성을 짓밟는 것과 같다.

- 남자: 저… 호감 있어서 그러는데 연락처 좀 알려주세요.
- 여자: 저는 이런 것 싫어해요!

꼭 낭만적인 스토리나 소개팅만이 운명이나 올바른 만남은 아니다. 그런데도 많은 여자가 경직된 연애관으로 기회를 차버린다.

내 경험상 사랑은 참으로 다양한 형태를 갖추고 있었다. 클럽에서 만나 바로 사랑에 빠지기도 하고, 전에 없던 유치한 행동도 하고, 이성을 상실하기도 하면서 타락한 끝에 나락으로 떨어지기도 한다. 하지만 그래도 그건 내게 있어 사랑이었다.

그런 다양한 형태의 사랑을 경험하면서 여러 가지 감정에 익숙해지면 성숙하게 된다. 누군가 만들어 놓은 사랑의 틀대로 사랑하는 것이 아니라 상대방에 따라 다양한 모습으로 사랑하는 것이다.

어느 누구도 이것이 진정한 사랑인지 아닌지 알려 주지 않는다. 그저 사랑에 풍덩 빠질 뿐이다.

똑똑하고 자기 잘난 맛에 사는 요즘 우리는 사랑마저도 계획하고 계산적으로 하려 한다. 하지만 그다지 재미없는 일상 속에서 한번쯤 그냥 사랑에 풍덩 빠져 보는 것은 어떨까?

그렇게 웃으며 사랑을 시작해놓고 언제 눈물 한 방울 흘리지 않았던 사랑이 있었던가!

지나친 **경계심**이 **외롭게** 한다

그녀에게 문자를 보내도 답장이 없었다. 전화를 걸어도 받지 않았다. 그렇다고 나를 완전히 무시하거나 연락이 아예 안 되는 것은 아니었다. 답답한 마음에 그녀에게 이유를 물어봤다. 아직 나를 잘 몰라서 경계한다고 말했다.

여자의 경계심은 이상한 방식으로 남자를 괴롭힌다. 경계를 하니 좀 더 알고 난 다음에 만나자고 하고, 경계를 하니 연락을 무시하고, 경계를 하니 친구와 같이 만나자고 한다.

일단 좀 더 알아본다는 이유 자체가 논리적이지 못하다. 만나지도 않으면서 어떻게 더 알아본다는 건지 의문스럽다. 텔레파시로 알아본단 말인가? 시간을 내서 직접 만나야 실체를 파악할 수 있다. 괜히 만남을 미루면 관계가 흐지부지되거나 가공의 인물을 만들 뿐이다.

잘 모른다면 여자 입장에서는 당연히 조심스럽다. 그렇지만 기본적인 예의까지 저버려서는 안 된다. 최소한 상대방이 무시당한다는 느낌을 갖지 않도록 연락만큼은 신경 쓴다. '부재 중 전화'를 확인하면 연락은 해준다. 남자가 당신에게 관심 있다고 해서 막 대할 수 있는 권리가 주어진 것은 아니다.

경계심이 있어서 친구를 데려가면 남자 입장에서는 부담스럽다. 남자도 친구를 데려가야 할 것 같아 괜찮은 친구를 물색하는 일에 시간을 써야 한다. 그렇게 만나면 같이 나온 두 친구에게 온 신경을 집중해야 한다. 힘이 빠질 수밖에 없다. 간혹 남자의 친구도 기대감을 갖고 나오기 때문에 미안함까지 감수해야 한다. 따라서 처음에는 되도록 둘만 만나도록 하자. 여러 명이 함께 만나면 서로 개별적으로 즐길 수 없다. 함께하는 그 시간 자체의 비중만 커질 뿐이다.

필자의 경우 누군가를 만나는 초반에는 서로 잘 모르기 때문에 빨리 만나려고 한다. 그래서 되도록 빠른 시일 내에 약속을 잡는다. 빨리 만나야 그때부터 알 수 있으며 눈빛과 표정에서 전해지는 느낌을 더 신뢰하기 때문이다. 그리고 서로가 서로의 가치를 잘 모르니까 처음에는 누구보다 그 사람을 정중하고 예의 바르게 대해준다. 그래서일까? 필자의 시작은 그 누구보다 순조롭다.

많은 사람이 자신을 알아주는 것에 굶주려 있다.
이것이 요즘 시대의 정서다.
뭘 해도 세상은 자신을 알아주지 않으니까.
역시 자신이 좋아하는 사람도, 자신을 알아주지 않는다.
그래서일까? 깊은 상처를 받기 전에 빨리 돌아선다.

철없는 여자가 이상형에 빠진다

"이상형이 어떻게 되세요?"

참 무서운 (남자의) 질문이다. 질문을 들었을 때 쉽게 생각하고 이상형을 열거하는 순간, 남자와 멀어진다. 이상형은 어디까지나 희망사항에 불과하지만 남자들은 너무 쉽게 좌절한다.

여자가 "제 이상형은 키 180 이상, 차는 중형차 이상, 연봉은 5,000만 원 이상…"이라고 말하면 남자는 자신이 아닌 그 여자와 이상형만 생각하게 된다.

'쓸데없이 눈만 높네. 요즘 여자들 문제라니까. 네 주제 파악이나 제대로 해라.'

필자는 이상형이란 '결론'이라고 생각한다. 그 사람을 만나기 전에는 이상적으로 생각하는 사람에 대한 뚜렷한 형상을 알 수 없다. 그 사람을 만나고 나서부터 점차 뚜렷한 형상을 알게 된다. 그리고 그 사람과 친밀해지면서 진짜 좋은 것과 싫은 것이 명확해진다. 즉, 그 사람과 사귀고 보니 그 사람이 내 이상형이 되는 것이다.

키는 작지만 나와 대화가 잘 통하는 남자일 수도 있고, 차는 없지만 함께 즐거운 시간을 보낼 수 있는 남자일 수도 있고, 연봉은 적지만 나와 꿈을 나눌 수 있는 남자일 수도 있다. 그래서 내 이상형이 키가 큰 남자에서 대화가 잘 통하는 남자로 바뀔 가능성이 생긴다.

"이상형이 어떻게 되세요?"

누군가 필자에게 이상형을 물어보면 다음과 같이 대답한다.

"이상형이요? 그녀를 만나기 전에는 잘 모르겠어요. 그녀의 미소 하나만으로 그동안의 이상형을 갈아치울 수도 있으니까요."

즉, '그녀'라서 내 이상형이 되는 것이다.

필자는 이 사실을 알기 때문에 이상형을 별로 중요하게 생각하지 않는다. 어떤 여자에게든 이상형으로서의 가능성을 열어둔다. 혼자 있을 때도 이상형을 나열하지 않는다.

그래서일까? 필자는 살면서 단 한 번도 만나기 어렵다는 이상형을 연애할 때마다 만날 수 있었다. 필자가 사귀는 모든 여자가 내 이상형이 되었으니까. 혹시 당신도 내 이상형?

이상형에서 헤어 나오지 못한 여자는
아직까지 "너 때문에 내 이상형이 바뀌었어."라고
말하는 남자를 만난 적이 없거나
남자에게서 그런 말을 들어본 적이 없다.

착한 여자가 되지 마라

그녀는 자신이 너무 착해서 차였다고 말했다. 남자가 원하는 걸 다 들어줬지만 버림받았다고도 말했다.

이처럼 '착한 여자'라서 사랑에 실패했다고 믿는 여자가 많다. 하지만 정말 착해서 사랑에 실패했을까?

사실 착해서가 아니라 단지 착함만을 내세워서 사랑에 실패했을 가능성이 크다. 즉, 자신이 잘못하면 남자가 떠날지도 모른다는 두려움 때문에 무조건 참았던 것이다.

- 남자가 약속 장소에 1시간이나 늦게 왔는데 아무 말도 하지 않는다.
- 남자가 미리 잡은 나와의 약속을 깨고 다른 약속을 잡았지만 아무 말도 하지 않는다.
- 남자가 거짓말하고 다른 여자를 만났지만 아무 말도 하지 않는다.
- 남자가 내게 함부로 말하고 있지만 아무 말도 하지 않는다.

• 남자가 내 연락을 받지 않지만 아무 말도 하지 않는다.

과연 그 남자는 당신을 착한 여자라고 생각할까? 정말 당신을 착한 여자라고 생각했다면 이렇게 대할 수 없다. 마음대로 할 수 있는 무가치한 여자라고 생각했기 때문에 이렇게 대했을 뿐이다. 그걸 알면서도 가만히 있는 당신은 미련한 여자다.

무조건 착한 사람이라면 미련한 사람인지도 모른다. 착한 마음으로 판단해야 착하다고 여긴다는 이유 때문에 무조건 상대방에게만 유리한 판단을 해서는 안 된다.

사실 '착하다.'라는 언어 자체가 모호하다. 예를 들어, 한 남자가 바람을 피우다 걸렸다. 그런데 그 여자가 용서해줬다. 용서해준 그 여자를 착하다고 할 수 있다. 그렇다고 남자 입장에서 '착함'이 다른 사람 입장에서도 '착함'이 될 수 있을까?

착하지만 헤어졌다고 말하는 남자가 의외로 많다.

"그녀는 착하지만 애교도 없고 재미도 없어요."

"그녀는 착하지만 잘 꾸밀 줄 몰라요."

"그녀는 착하지만 너무 평범해요."

결국 착하기만 해서 헤어진 것이지 착해서 헤어진 것이 아니라는 말이다. 결과적으로 끌리지 않았기 때문에 남자는 여자와 거리를 두게 된다.

여자는 남자와의 거리를 좁히기 위해 착한 역할을 맡았지만 결국 남자가 원하는 뭔가를 갖추진 못했다. 그랬기 때문에 남자는 여자가 착하지만 떠난 것이다.

물론 착한 여자가 되면 순간적으로는 상대방의 마음을 약하게 만들수 있다. 하지만 괜찮은 여자가 아니라는 느낌이 드는 순간, 상대방은 냉정을 되찾고 떠난다.

그 대신 나쁜 여자를 동경하지 마라. 지금부터라도 자신의 장점을 찾을 수 있는 여자가 되길 바란다.

"그녀는 애교도 많고 재미도 있지만 착해요."

"그녀는 잘 꾸밀 줄 알지만 착해요."

"그녀는 많은 것을 갖고 있지만 착해요."

이런 여자는 모든 남자의 이상형이 된다.

나빠도 좋다. 자기답게 분별하라.
'무조건 상대방의 뜻대로 움직인다.'는 착한 것이 아니라
자기 주관이 없는 것이다. 이런 사람은 결국 질리게 되어 있다.
왜냐하면 타인에게서 항상 자신의 지겨운 모습밖에
볼 수 없기 때문이다.

10

짝사랑은 빨리 **끝낼수록** 좋다

독서실에서 한 여자가 필자를 보자마자 황급히 어디론가 숨어 버렸다. 그 모습이 이상해서 예전부터 독서실에 다니던 친구에게 물어봤다가 놀라운 사실을 알게 되었다. 친구의 초등학교 동창이었던 그 여학생이 필자를 짝사랑하고 있다는 것이 아닌가. 필자가 중학교 2학년 때 단과학원에 다닌 적이 있었는데 그때부터 지금까지 혼자서 좋아하고 있었다고 한다. 그러한 사실을 알게 되니 새삼 호기심을 갖게 되었다. 그래서 우연을 가장해 그 여학생과 몇 번 마주쳤는데 솔직히 필자의 스타일은 아니었다.

그러던 어느 날, 필자를 짝사랑하는 그녀와 같은 서클에 있는 여자 2명이 찾아왔다. 그녀의 친구들은 그녀를 한 번 만나볼 것을 권유했다. 그런데 이런 엇갈린 운명이! 친구들 중 한 명이 너무 마음에 드는 것이 아닌가.

필자는 일단 생각해보겠다고 말하고 자리로 돌아와서 떨리는 마음을 진정시켰다. 필자의 마음은 온통 조금 전에 봤던 친구들 중 한 명의 생각뿐이었다. 어떤 여자를 보고 바로 좋아할 수 있다는 말을 실감했던 순간이었다.

며칠 후, 필자를 짝사랑하던 그녀를 불러서 "사실은 그때 너에 관해 말해준 네 친구를 좋아해…."라며 속마음을 털어 놓았다. 그녀는 "그래, 이해해. 둘이 잘 되길 바랄게."라고 담담히 말했다

하지만 놀랍게도 다음 날 그녀의 단발머리는 쇼트 커트가 되어 있었다. 3년간의 짝사랑이 그렇게 비참하게 끝난 것이다.

여자의 짝사랑은 혼자서만 간직할 수 있는 사랑이다. 그래서 남자는 그 사랑이 얼마나 간절하고 애절한지 알 수 없다. 기나긴 시간의 애절함도 남자를 설득할 수 없다.

그녀가 필자의 어떤 모습을 좋아했고 어떻게 짝사랑했는지는 중요하지 않다. 필자가 마음에 안 들면 그걸로 끝이 나버린다. 그녀가 3년 동안 짝사랑했다고 해서 필자가 그 사랑을 받아줘야 할 의무는 없다. 필자의 동의 없이 혼자 했던 사랑이기 때문이다.

염원과 기도가 사랑을 이뤄주지 않는다. 짝사랑에서 벗어날 수 있는 방법은 고백하거나 포기하는 것뿐이다. 짝사랑은 미룰수록 비참해진다.

자신이 없어서 짝사랑으로 머무는 것이다.
그러니 설령 짝사랑이 이뤄져도 잘될 리가 있겠는가?
자신감이 없으면 자신을 똑바로 드러낼 수 없다.
한 공간에 있어도 멀리 숨어서 상대방을 지켜볼 수밖에 없는 것이다.

내게 **어울리는 짝**이 바로 '내 짝'이다

유학파 출신의 엘리트(남자 A), 의사나 변호사와 같은 전문직(남자 B), 운동선수(남자 C), 부유층 자녀(남자 D), 평범한 회사원(남자 E) 중 누구와 결혼하면 행복할까? 나한테 어떤 남자가 어울리는지 한번 고민해보자. 혹시 남자 B? 아니면 남자 D?

놀랍게도 지금 떠오르는 밑그림은 가짜다. 예를 들어, 남자 D를 선택할 때 부유층 자녀의 이미지가 떠올랐다면 그건 드라마에 나오는 실장님의 허상일 가능성이 높다. 그런 조건을 가진 사람의 이미지를 남자 D에게 대입했기 때문이다. 현실에서는 남자 D가 아무리 돈이 많아도 천박하고 인색한 사람일 수 있다.

사실 남자는 자신을 소개할 때 가장 먼저 직업부터 밝힌다. 직업으로 자신을 포장할 수 있고 결점을 숨길 수 있기 때문이다. 자신이 정말 좋은 사람과 결혼해서 행복한 삶을 살고 싶다면 세속적인 조건 그 너머에 있는 실체를 알 수 있어야 한다.

남자 A의 경우에는 이력서가 아니라 함께 차를 마시면서 실체를 알수 있다. 아무리 엘리트라도 차를 마시는 동안 그 어떤 공감대도 형성할 수 없다면 학력도 무능함이 되고 만다. 그런데도 계속 만난다면 엘리트라는 권위에 굴복당했기 때문이다.

자신(여자)의 가치는 생각하지도 않고 남자의 권위에 맞추기 위해 노력한다. 눈치를 살피며 비위를 맞추느라 함께 있는 시간이 전부 불편해진다. 그렇게 '나'를 잃어버리면 결국 '나'는 없고 '엘리트의 여자친구 역할'만 남아 있는 것이다. 차를 마시고 밥 먹는 일상적인 데이트를 하는 이유는 서로를 알기 위해서다.

- 남자는 시간을 잘 지키고 식당에서 여자의 수저를 먼저 챙겨준다.
- 내 말에 공감해주고 무시하는 단어를 사용하지 않는다.
- 시끄러운 곳보다는 조용한 곳을 선호한다.

이처럼 데이트를 통해 서로가 어울리는 사람인지를 알 수 있다. 만약 어울리는 남자가 아니라면 '내 짝'이 아니다. 진정한 내 짝은 내가 알아볼 수 있는 곳에 존재한다.

자기 자신을 제대로 알지 못한다면 결코 자신에게 어울리는 짝을 찾을 수 없다. 사람은 아는 만큼만 볼 수 있다. 그래서 가치 있는 사람은 가치 있는 사람만이 알아볼 수 있다. 먼저 훌륭한 짝을 찾기 전에, 자기 자신부터 먼저 찾는 것이 올바른 순서가 아닐까?

사랑을 안 믿는다고 **선부터 본다?**

남자만 사귀면 다음과 같이 올인(all in)하는 여자가 있다.

- 남자에게 생활의 패턴을 모두 맞춘다.

- 남자의 연락만 기다린다.

- 친구와 함께 있어도 남자가 부르면 당장 달려간다.

- 만나면 남자가 하고 싶은 대로 따른다.

- 남자가 잘못해도 아무런 내색조차 하지 못한다.

- 자신의 옷보다 더 비싼 옷을 남자에게 선물한다.

- 부모님 생일은 모른 척해도 남자와의 각종 기념일은 꼭 챙긴다.

- 오랜만에 친구를 만나도 남자 친구 자랑만 늘어놓는다.

그런데 이 정도면 그 남자가 여자를 더 사랑해야 하는데 여자는 자꾸만 남자가 멀어지는 기분을 느낀다.

- 그 남자는 매번 바쁘고 힘들다고 해서 눈치 보며 데이트해야 한다.
- 매번 그 남자가 먼저 집에 가자고 한다.
- 만나기만 하면 돈이 없다고 투덜거린다.
- 이번 화이트데이도 그냥 넘어갔다.
- 여자의 생일도 잊었다.
- 가끔 싸구려 선물 하나 주고는 한 달 동안 생색낸다.
- 그 남자에게서 오는 문자는 한 줄을 넘지 않는다.
- 여자보다 게임과 친구가 더 중요하다.
- 원래 성격이 그렇다고 하면서 애정 표현을 하지 않는다.
- 주말에는 쉬고 싶다고만 한다.

이런 관계의 결과는? 남자가 먼저 여자에게 질리니까 그만하라고 하면서 더 좋은 남자를 만나라고 한다. 그리고 떠나버린다.

여자는 남자가 원하는 사람이 되기 위해 최선을 다했고 마침내 그렇게 되었다. 하지만 그 남자는 더 이상 곁에 없다.

사랑에 지친 여자는 다음과 같이 생각한다.

'이제 사랑이고 뭐고 싫다. 차라리 선이나 봐서 시집이나 갈까?'

바다의 고동은 기껏 파도 소리만을 들려준다.
단 한 번의 사랑만으로 사랑 전부를 부정하는 여자야말로
진정으로 미련한 여자다.

연애를 시작하기 전에 알아야 할 10가지 법칙

1. 사랑은 변하기 때문에 그 시작이 두렵다. 하지만 변하는 감정 가운데 변하지 않는 가치를 발견한다면 사랑이 그렇게 힘들지 않을 것이다.

2. 상대방의 감정에 의존하지 않고 자신의 가치를 표현할 때, 사랑을 쟁취할 수 있는 여자가 된다.

3. 연애 초보는 연애 경험이 없는 사람이 아니라 자신의 주체성 없이 타인의 의견만을 듣고 연애하는 사람이다. 따라서 연애를 잘 하기 위해서는 자신만의 개성을 (남녀 간의) 관계에 담을 수 있어야 한다.

4. 남자는 여자가 먼저 다가왔다고 해서 가벼운 여자로 보지 않는다. 가치 없는 여자가 먼저 다가왔기 때문에 쉽게 볼 뿐이다. 가치 있는 여자라면 남자에게 먼저 손을 내밀어도 상관없다. 오히려 남자가 고맙게 생각할 것이다.

5. 전화나 문자를 무시하는 방식으로 남자를 경계해서는 안 된다. 서로의 가치를 모르는 가운데 자존감을 상하게 할 수 있기 때문이다.

6. 만약 마음에 드는 상대방이 이상형을 물어본다면 상대방을 근거로 이상형을 재구성하라.

7. 평범한 여자들 대부분은 자신이 착해서 꾸미지 않는다고 착각한다.

8. 남자는 다가갈 때 용기가 필요하고, 여자는 허락할 때 용기가 필요하다.

9. 남자를 다가오게 하기 위해서는 칭찬으로 남자에게 자신감을 심어줄 수 있어야 한다.

10. 짝사랑을 하고 있는 여자들은 자신의 사랑을 포기하기 위해서 고백한다. 그래서 고백에 실패한다.

'그가 날 좋아할까?'에서 한걸음 더 나아가
'어떻게 하면 그가 날 좋아할까?'라고 생각하라.
생산적인 의문이 관계를 생산적인 방향으로 이끌어 준다.

2장

당신도
괜찮은 여자다

13

자신감을 찾기 위해
성형하지 마라

매번 성형을 고민하던 A가 필자(B)를 불렀다. 한가한 오후, 카페에서 성형에 관한 이야기를 나누기 시작했다.

A: 코는 정말 해야겠지?

B: 넌 눈이 예뻐서 괜찮아. 시선이 눈으로 먼저 가거든.

A: 아냐! 그래도 코가 너무 낮아. 요즘 예쁜 애들이 얼마나 많은데!

B: 성형한 여자들 보니까 다들 너무 비슷하게 생긴 것 같아. 전형적인
   틀이 있다고나 할까.

A: 넌 내 심정을 몰라서 그래. 세련되어 보이지 않아? 다들 자기만족
   을 위해서 성형하는 거야. 성형 전보다 자신을 더 사랑할 수 있는
   거지.

B: 자기만족? 성형하면 너에게 만족할 수 있을 것 같아? 우리는 끊임
   없이 자신을 갈아치워야 해. 예를 들어 살만 빼면 될 것 같지만 살

을 빼면 또 다른 뭔가가 자신을 만족할 수 없도록 하지. 코 다음에는 또 어디를 할까…. 그렇게 얼굴이 완벽해지면 노화가 걸림돌이 되겠지. 질투심 때문에 영원한 만족은 없을지도 몰라.

A: 내 친구는 몹시 만족했어. 주위에서도 몰라보게 달라졌다면서 어디서 했냐고 다들 난리던데…. 연예인들도 성형을 많이 하잖아. 내가 좋아하는 여배우도 성형을 했고.

B: 어차피 선택은 네가 하는 거야. 나는 성형에 대해서 찬성도, 반대도 하지 않아. 다만 내 생각을 이야기할 뿐이야. 성형을 하기 전에 먼저 네가 가진 것 안에서 최선을 다했으면 좋겠어. 그리고 주변 사람들은 자신의 일이 아니기 때문에 환호할 수 있는 거야. 겉으로는 예뻐졌다고 하면서도 속으로는 '나는 저렇게 안 되어서 얼마나 다행인지 몰라.' 하며 기뻐할 수 있어.

A: 이미 수술 날짜를 예약해두고 왔어. 강남이라 예약이 많아. 난 달라지고 말거야!

B: 그래, 넌 달라질 수 있을 거야. 이런, 커피가 다 식었잖아.

A는 예정대로 성형수술을 했고 달라진 모습을 카카오 스토리에 공개했다. 달라진 모습에 만족했는지, 아니면 사람들의 평가를 듣고 싶은지 예전보다 더 많은 사진을 계속 올렸다. 한편으로는 불안하게 보였다.

A를 알고 있는 사람들 모두가 환호하는 분위기였다. 그런데 A만의 특별한 정서가 담긴 눈은 볼 수 없었다. A의 모습과 어울리지 않았던 담배 냄새도, 천박한 말투도, 배금주의에 젖어 있던 사상도, 세상을 보

는 관점도, 스타일도 여전했다. A는 여전히 A였던 것이다.

많은 여자가 단순히 예뻐지기 위해서가 아니라 자신감을 찾기 위해 성형을 결심한다. 그런데 원래부터 예쁜 여자도 어떤 상황과 부딪히면 이내 자신감을 잃고 만다.

'나'라는 존재는 언제 어떻게 초라한 자신과 마주치게 될지 모른다. 자신감은 자아도취가 아니라 구체적인 역사다. 자신의 가치를 높이기 위한 성장의 추억들이 있었기 때문에 당당할 수 있었던 것이다.

우리는 결코 자신의 외모에 만족할 수 없다. 외모는 비교되고 또 비교되기 때문이다. 다이아몬드의 광채는 내면의 결정구조에 따라 달라질 뿐이다.

첫 인상과 달리 시간이 지나면 사람마다 완성되는 얼굴(의 형태)이 있다. 학교를 다닐 때, 학기 초와 학기 말에 친구들의 얼굴을 비교해서 떠올려 보면 알 수 있다.
그러한 얼굴은 성형으로 바뀌지 않는다. 바로 자신의 본모습이기 때문이다. 자식의 얼굴이 아무리 달라져도 부모는 금방 알 수 있다.

얼굴은 별로?
그러면 **몸매는?**

주선자: 소개팅은 어땠어?

홍길동: 얼굴도 별론데, 몸매도….

주선자: 정말? 네 스타일이 아니었어?

홍길동: 옷도 몸매를 가리는 걸로 입고 나왔더라고. 못 생겨도 몸매는 좋아야지. 아니면 스타일이라도 좋던가….

주선자: 돈은 좀 써?

홍길동: 아니! 커피 값도 내가 계산했어.

주선자: 괜히 내가 미안해지네.

홍길동: 아냐, 뭐 어쩔 수 없지. 카카오톡 사진에 속은 내 잘못이지, 뭐.

소개팅을 마친 남자와 주선자의 대화 내용이다. 어떤가? 이 대화에 마음씨, 재능, 지적 수준 등 (사람의) 내면(요소)은 없다. 그저 얼굴, 몸매, 스타일이 전부다. 이렇게 남자들의 평가는 외모 지향적이다.

사실 남자는 더하는 계산법이 아니라 차감하는 계산법을 사용한다. 예를 들어, 외모의 기준이 50점이라면 그 이상으로 올리지 않는다. 단지 차감하거나 유지할 뿐이다.

물론 시간과 함께 서서히 외모를 뛰어넘는 장점을 발견하고 점수를 더할 수도 있다. 하지만 현실적으로 첫 만남에서 외모가 차지하는 비중은 70% 이상이다. 따라서 얼굴이 사회 기준으로 부족하다면 몸매라도 관리해야 한다. 아니면 스타일이라도 계발해야 한다. 단, 그저 남자에게 잘 보일 목적이라면 금방 한계점에 부딪힌다. 남자를 안 만나면 그만이라고 합리화하기 때문이다.

어디까지나 명분은 남자에게 잘 보이기 위해서가 아니라 자기다워지기 위해서다. 자신에게 잘 어울리는 것을 찾기 위해 여러 가지 시도를 해봐야 한다. 앞머리를 기르거나 파마, 염색을 해본다. 화장법도 바꾸고 운동을 통해 살을 빼고 탄력적인 몸을 만드는 것도 좋다. 그런 과정을 통해 자신에게 가장 잘 어울리는 것을 알게 된다.

나를 알아야 자신의 장점을 찾을 수 있고 그 장점을 활용할 수 있다. 상대방에게 나의 최대치를 허용할 수 있는 것이다. 나만의 장점으로 상대방을 사로잡을 수 있게 된다.

> 단순해서 외모만 보는 것이 아니다. 외모는 단순하지 않다.
> 외모는 한 사람의 보이지 않는 노력의 결정체다.
> 그런 미소와 그런 태도, 그런 체형과 스타일을 유지하기 위해
> 당사자는 누구보다 강한 의지를 갖고 피나는 노력을 했을 것이다.
> 그래서 필자는 외모를 중요하게 생각한다.

단순히 **어려 보이면** 매력을 **못** 느낀다

여자는 나이에 민감하다. 남자에게 "저, 몇 살처럼 보여요?"라고 질문한다면 이미 나이에 민감한 시기다. 어려 보이기 위해 앞머리를 자르기도 한다. 그렇지만 '나이'와 관련해서 여자가 생각하는 것과 남자가 생각하는 것은 서로 다르다. 남자가 생각하는 '나이'의 기준에 대해 여자는 알 필요가 있다.

- 남자가 나이를 알고 사귄다면 (나이를) 계속 언급하지 마라. 당신보다 어린 여자는 많아도 매력적인 여자는 드물다고 생각하라.
- 남자는 여자의 주름이 아니라 표정에서 나이를 알기도 한다.
- 빨간 립스틱, 화려한 꽃무늬 옷이 나이보다 더 부담스럽게 만들기도 한다. 설령 나이가 많아도 그렇다.
- 연하남을 동생처럼 대하면 끝까지 누나 대우를 받을지 모른다.
- 원래부터 그런 남자가 아니라 심각한 나이 차이를 극복하기 위해

더 잘해주고, 더 많이 사줬는지도 모른다. 그래서 여자는 나이 많은 남자에게 잘 속는다.

- 여자는 나이를 감추려다 비호감이 된다. 나이를 속일 수는 있어도 감출 수는 없다.

- 남자는 나이가 들수록 여자를 대하는 기준이 '엔조이(enjoy)할 여자', '결혼할 여자', 이렇게 단순화가 된다. 그래서 2가지 외에 포함되지 않는 여자와는 연락을 끊는다.

- 좀 더 지내본 다음에 남자의 친구들을 만나고 자신의 친구들을 소개시켜줘야 한다. 나이밖에 볼 줄 모르는 남자들 때문에 피곤해질 수 있다.

- 동안? 남자에게 중요한 것은 '얼마나 어려 보이는가?'가 아니라 '얼마나 섹시한가?'이다.

이제부터 '나이'를 잊어라. 그 대신 누구보다 자신을 가장 잘 알고, 가장 잘 어울리는 것이 무엇인지 파악해야 한다. 더 어려 보이려고 노력하기보다 나에게 더 어울리는 것을 찾기 위해 노력하자. 이것이야말로 진정한 안티 에이징이다.

아무리 어리게 꾸며도 나이 많은 여자는 어려 보이지 않는다.
하늘을 보고 아름답다고 할 줄 모르기 때문이다.

남자는 여자의 스타일을 모른다

여자가 차를 보는 기준은 단순하다. 국산차인지 외제차인지, 아니면 작은 차인지 큰 차인지 정도로 구분할 뿐이다.

남자가 여자의 스타일을 보는 기준도 이와 같이 단조롭다. 그렇다면 남자는 여자의 스타일을 어떤 관점으로 바라볼까?

화장

남자는 여자가 화장을 했는지, 안 했는지 또는 진한지, 진하지 않은지만 알 뿐이다. 메이크업보다 피부 톤이나 입술 색깔에 눈길이 더 간다.

향수

'샤넬 NO. 5인가?', '구찌 러쉬인가?'가 아니라 향수를 사용하는 여자와 사용하지 않는 여자로만 구분한다. 향기에 민감한 남자를 제외하고 대부분 어떤 향이 좋은 향인지 모른다. 샴푸 냄새만 풍겨도 좋아하는 남자가 많다.

액세서리

스킨십을 할 때 불편할 수 있고, 잃어버리면 다시 사줘야 해서 은근히 부담감이 느껴지는 것으로 생각한다.

상의

가슴 사이즈를 대충이라도 가늠할 수 있는 피팅감의 상의만이 남자에게 유용할 뿐이다. 옷의 페인팅이나 장식 따위는 남자의 눈에 들어오지 않는다. 그저 볼륨감을 상상할 뿐이다.

청바지

얼마나 타이트한 청바지인가를 본다. 남자는 여자의 골반과 엉덩이 라인을 강조하는 청바지를 입은 여자에게 약하다. 특히 여름에는 화이트진에 끌린다. 간혹 개인의 취향에 따라 돌청진(돌을 이용해 워싱 작업을 한 것에서 유래한 데님)을 싫어하기도 한다.

손톱

손톱이 너무 길면 애무할 때 상처를 입을까 걱정한다.

치마

치마 자체보다 드러나는 각선미만 신경 쓴다.

구두

굽이 얼마나 높은지, 낮은지만 살펴본다. 특히 키가 작은 남자일수록 여자의 굽 높이에 민감하다.

명품가방

'저 가방 짝퉁이 아닐까?', '얼마짜리 가방일까?', '된장녀는 아닐까?'

남자는 여자의 명품가방을 심미적인 기준으로 통찰하지 않는다. 여자의 가방은 어디까지나 여자를 의식해서다.

여자에게 잘 보일 수 있는 스타일과 남자에게 잘 보일 수 있는 스타일은 다르다. 여자는 소품에도 민감하지만 남자는 소품 따위에는 관심 없다. 여자의 신체를 가장 아름답게 여기기 때문에 그 외의 스타일은 거추장스럽게 생각할 뿐이다.

여자가 보기에 아무리 천박한 스타일이라도
남자는 섹시하다고 생각하면 바로 눈을 돌린다.
남자는 여자보다 천박함과 섹시함을 잘 구분하지 못한다.

17 구미호처럼 **꼬리를 숨겨라**

같은 여자가 봤을 때는 별로지만 남자들에게는 인기 많은 여자가 있다. 도대체 저 여자의 어디가 그렇게 마음에 드는지 도무지 이해가 안 되는 경우도 있다. 그 이유만큼은 남자에게 직접 들어야 한다. 남자가 보는 눈과 여자가 보는 눈이 다르기 때문이다.

- 여자는 남자를 칭찬하는 여자를 '꼬리친다'라고 생각하지만, 남자는 '자신의 가치를 아는 여자'라고 생각한다.
- 여자는 잘 웃는 여자를 맹하게 보지만, 남자는 밝다고 본다.
- 여자가 봤을 때 '싼 티'가 나는 것도 남자는 '섹시'하게 본다. 청담동 며느리 스타일보다 싸구려 청치마가 훨씬 더 여성미를 강조한다고 생각하기도 한다. 남자에게는 여자가 얼마짜리 옷을 입었는지가 중요하지 않다. 그 옷을 통해 얼마나 몸매를 가늠할 수 있는지를 더 중요하게 생각한다. 샤넬이라도 몸매를 다 가리면 소용없다.

- 속 보이는 내숭이 남자에게 먹힐 때가 많다. 내숭 자체의 효력보다 내숭을 떨고 있다는 사실 자체가 남자를 자극한다. 이는 남자의 호의를 이끌어 낸다. '이 여자가 내게 관심이 있어서 이러는구나!'
- 조신하지 못하고 가벼운 여자는 남자에게 까다롭지 않다는 인상을 준다. 그래서 남자가 많이 접근하게 되고 그중 한 명과 연인으로 발전할 가능성이 높다. 너무 경계심이 심하면 정당한 호감조차 받아들이지 못할 뿐이다.
- 화장, 쇼핑 등과 같이 쓸데없어 보이는 일에 시간을 낭비하는 여자? 소모적인 일에 시간을 낭비하는 것처럼 보일지 모르지만 자신의 내면을 가꾸기 위한 창의적인 노력이다.

올바른 사람보다 상황에 따라 판단을 올바르게 하는 사람이 유혹에 성공한다. 관계는 순수한 동화 속 세상이 아니다. 사기꾼이 더 많은 것을 얻기도 한다.

물론 그렇다고 해서 거짓으로 사랑하라는 말은 아니다. 단지 진실이라고 믿는 사실만 고집해서는 안 된다. 구미호처럼 꼬리를 숨길 줄 알아야 소중한 것을 지킬 수 있다.

남자는 꾸미지 않은 여자하고는 사랑을 꾸미기 어렵다.
남자는 여자의 꾸밈도 자연적인 행동이라고 생각한다.

18
나이가 **많아도**
섹시하면 끌린다

사실 남자에게는 여자의 나이가 그리 중요하지 않다. 어려도 섹시하지 않으면 끌리지 않고 나이가 많아도 섹시하면 끌린다. 그러므로 여자는 절대로 섹시함을 포기하면 안 된다. 섹시를 포기하면 남자의 눈에 여자로 보이지 않는다. 어떻게 하면 섹시해질 수 있을까?

- 섹시함을 겸비하기 위해서는 운동을 하거나 음식 섭취 등을 절제해야 한다.
- 5초 안에 눈빛에서 섹시함이 감지되어야 한다.
- 남자는 일단 여자가 타이트한 청바지를 입어야 섹시하다고 믿는다.
- 목소리가 너무 크고 말을 빨리하는 여자는 성적인 매력이 떨어진다.
- 풍만한 여자는 풍만함을, 풍만하지 못한 여자는 각선미를 강조하라. 이는 고전적인 섹시함의 연출 기법이다.
- 짧은 치마와 함께 책을 사야 한다. 섹시한 여자가 책을 읽을 때 섹

시함이 극대화될 수 있기 때문이다.

- 가슴 펴고 당당하게 걷고, 허리 펴고 도도하게 앉아라. 이런 태도가 남자의 소유욕을 자극한다. 소유욕은 성적인 욕망에 가깝다.

- 직업과 상반된 이미지가 섹시하게 보인다. 일관성 있게 직업적 태도를 유지하면 섹시함은 물론 그 사람 자체에 대한 흥미가 떨어질 수 있다.

- 구릿빛 피부가 섹시하게 보인다는 말은 이제 옛말이다. 섹시하게 보이기 위해서라면 태닝을 하지 마라. 검게 태우는 만큼 섹시함도 재가 되어 사라진다.

- 사실 섹시한 여자는 남성성이 강하다. 오히려 여성성이 강한 여자일수록 섹시하지 못하다. 섹시해지기 위해서는 도전적이고 과감해야 한다.

'노출+노출=더 섹시함'이 아니라 '천박함'이다. 너무 빛나는 금은 가짜로 보일 가능성이 높다. 옷차림이 섹시하다면 머리를 풀고 화장을 청순하게, 옷차림이 섹시하지 않다면 머리를 묶고 화장을 섹시하게 하는 것이 바로 남자를 설레게 하는 여자의 모습이다.

좀 더 괜찮은 여자가 되기 위해서
하루하루를 의미 있게 채색할 때, 강렬한 그림이 완성된다.
이 같은 강한 기운이 바로 성적 에너지로 표출되며
외모와 상관없이 섹시함을 분출하게 되는 것이다.

19

예쁜 여자보다
귀한 여자가 되어라

'예쁘다.', '못생겼다.'를 떠나 왠지 모르게 끌리는 여자가 있다. 고귀하다고 표현하기에는 너무 무겁고, 있어 보인다고 표현하기에는 너무 가벼운 그런 여자를 필자는 '귀한 여자'라고 표현하고 싶다.

사실 '귀한 여자'가 어떤 여자인지 정확하게 설명하기 어렵다. 하지만 조건과는 크게 상관없다. 어떤 상황에서는 내면의 빛을 발산하는 여자, 함부로 대할 수 없는 뭔가가 있는 여자이기 때문이다. 좀 더 구체적인 모습을 살펴보면 다음과 같다.

- 공손한 자세로 어른들을 대한다. 남자는 이런 모습에서 그녀와 엄마 사이를 예감한다.
- 자연의 아름다움을 만끽할 줄 아는 여유를 갖고 있다. 흔한 사물을 보고도 "아름다워."라고 표현할 줄 안다면 남자의 마음을 넉넉하게 채워줄 수 있다.

- 친해지면 표정의 긴장을 풀어 버리는 여자가 있다. 어린데도 아줌마 같은 표정이 나온다. 이런 여자는 예뻐도 매력이 반감된다. 반면 볼에 바람을 넣기도 하고, 찡그릴 때나 옆으로 눈을 살짝 돌리고 웃을 때 자기만의 표정으로 아름다움을 표현하는 여자가 있다.

- 자신감 있는 표정과 말투, 그리고 쉽게 흐트러지지 않는 자세를 유지하는 여자는 누구보다 당당하게 걷는다. 그 모습만으로도 남자들의 시선을 사로잡는다. 그 여자가 걷는 모든 장소가 마치 그 여자의 궁전처럼 느껴진다.

- 말을 예쁘게 한다. 상황에 맞는 단어를 쓰며 상대방을 배려해서 말한다. 그 대신 비속어나 욕설은 말하지 않는다.

- 서로가 다 아는 사이라도 부끄러워할 줄 안다. 여자의 부끄러움은 남자의 자존심을 지켜준다.

- 취향이 분명해서 무조건 사람들이 좋다는 것만 따르지 않는다. 이런 여자는 소중한 것이 많다. 사소하지만 자신만의 소중한 의미를 부여할 줄 알기 때문이다.

- 고급스러움만 추구하지 않는다. 여건에 맞는 합리적인 선택과 소비를 할 줄 안다. 사치를 현명하게 외면하는 여자의 모습은 존경스럽게 보인다.

- 자신의 가치를 높이기 위해서 다른 여자들을 비난하지 않는다. 오히려 타인을 존중해주며 빛나는 여자가 된다.

여자가 눈, 코, 입 또는 가슴, 엉덩이, 다리가 아니라 이미지로 다가올 때가 있다. 상냥한 말투, 때론 진지한 표정, 순수하게 있는 그대로의 나를 바라보는 눈빛, 남을 배려하는 손길, 여성성을 버리지 않는 술버릇, 잃어버리지 않는 향기, 상황에 맞는 자기다운 선택, 존중할 수 있는 가치관, 그녀를 활기차게 만들어주는 꿈, 사랑할 때의 진정성 등이 그 이미지의 예라고 할 수 있다. 한 친구는 "그녀를 떠올리면 구름처럼 뭉게뭉게 솟아오르는 이미지가 떠오른다."라고 했다.

그 이미지는 "예쁘다.", "못생겼다."를 뛰어 넘는다. 남자에게 있어 귀한 여자가 되는 것이다.

먼저 자신의 가치를 알아보는 사람을 만나라.
자신의 가치를 모르는 사람 앞에서는 아무리 귀한 여자라도
하녀 취급을 받게 된다.

명품이 아니라서
다행인 여자

어느 날, 외출을 하려고 돌체 앤 가바나 티셔츠와 디스퀘어드2 청바지를 입었는데 벨트를 고를 때 고민이 시작됐다. 가죽이 좋아 10년 넘게 찼던 벨트라서 나름 소중했지만 가격이 좀 낮았다. 왠지 지금 복장에 저가의 벨트를 착용하면 티셔츠와 청바지조차 짝퉁으로 오인받을 것만 같았다. 결국 필자는 명품 벨트를 선택했다. 이제야 뭔가 완전해진 기분이 들었다고 생각했는데 그렇다면 신발은? 가방은?

벨트를 잘 골랐다는 만족감은 정말 잠시뿐이었다. 명품은 명품을 끌어들였고 필자가 갖고 있던 물건들 중에서 명품이 아닌 것들을 밀어내기 시작했다.

그 이후 명품이 아닌 것들은 아무리 마음에 들어도 외출할 때 갖고 나갈 리스트에서 제외시켰다. 그러다 보니 필자를 표현할 수 있는 아이템은 점점 단축되기 시작했고 사물 보는 편견도 깊어지기 시작했다.

"촌스러운 것들! 너도 싸구려 취향이구나!"

돈이 만든 우월감에 도취되어 사람들을 지적하는 놀이에도 재미를 느끼기 시작했다. 그런데 그런 우월감도 잠시뿐이었다. 알아주는 사람들도 드물었고 매 시즌마다 출시되는 신상품들을 매번 사기도 버거웠다. 또한 리바이스에서 디스퀘어드2까지는 발전했지만 발망이 입고 싶어지는 순간 또 다시 부족한 사람이 되고 말았다. 욕망의 끝이 보이지 않았던 것이다.

지금 필자의 시계는 저가의 국산제품이다. 필자가 그 시계를 선택한 이유는 일단 착용하기 편하고 가벼우면서 클래식한 디자인이 마음에 들어서다.

사실 남자들에게 최고의 액세서리는 시계이기 때문에 적어도 시계만큼은 명품을 착용하고 싶어 한다. 그런데 필자는 개의치 않고 그 시계를 착용하고 다닌다. 지금의 필자는 명품 시계를 착용하지 않아도 함께 가치 있는 시간을 보낼 줄 아는 사람이기 때문이다.

명품이 아니어서 오히려 괜찮아 보이는 여자들이 있다. 예를 들어, 당연히 명품 가방인 줄 알았는데 명품 가방이 아니라서, 정말 세련되어 보이는 여자가 경차를 타서, 학생이 학생답게 수수해서, 명품 화장품을 사달라고 할 줄 알았는데 일반 화장품 매장으로 가서, 구두는 명품인데 액세서리는 길거리에 파는 것이라서, 비싼 청바지인 줄 알았는데 대중적인 청바지여서 등의 이유로 그 여자가 명품처럼 보이는 것이다.

장인이 된다면 그 사람 자체가 명품이 될 수밖에 없다. 이런 여자가 명품을 하지 않으면 오히려 안도감이 든다. 그녀의 가치만으로도 감당하기 벅찰 것이기 때문이다.

지금 당장 명품을 손에 넣을 수 없다면 곧바로 손에 넣을 수 있는 소중한 가치를 만드는 것은 어떨까? 그렇게 하나둘 자신의 소중한 가치를 발견한다면 분명히 샤넬 가방을 들고 있을 때보다 더 많은 사랑을 받는 여자가 될 수 있을 것이다. 당신은 사랑스러우니까.

시간이 지나면 반드시 자기 실상이 드러나게 될 텐데,
지금 당장 명품으로 화려하게 자신을 꾸민들 무슨 소용 있겠는가?
장인 같은 정신이 담긴 깊은 내면의 말 한마디가
자신을 명품으로 만들어준다는 사실을 아는 여자는 드물다.

21

내숭 떠는 여자는 **유죄**

적당한 내숭은 여자의 생명인 신비감을 유지하면서 여성미를 강조한다. 그렇지만 다음과 같은 내숭은 남자 앞에서 피하자. 여자로서가 아니라 인간 자체로서 질리게 만들 가능성이 크기 때문이다.

음식을 거의 먹지 않거나 절반 이상을 남기는 내숭

이런 내숭은 건강하지 못하고 까다로운 이미지를 심어준다. 특히 경기가 어렵고 물가가 비싼 시기일수록 지탄의 대상이 된다. 또한 자신의 체형이 내숭에 대한 반감을 사기 쉽다. 상대방은 '어차피 뚱뚱한 주제에!', '너무 말랐는데 왜 저러지?'라고 생각할 수 있다.

너무 청결한 내숭

평소 청결에 민감한 반응을 보이면 만나는 대상과 공간에 제약을 받게 된다. 항상 청결한 사람과 장소로만 선별해야 하기 때문이다. 그러면 단편적인 추억만 쌓을 수밖에 없다.

도덕적인 내숭

무엇이 옳고 그름은 관점에 따라 얼마든지 달라질 수 있다. 예를 들어, 사사건건 종교를 들먹이며 선과 악을 구분한다면 사랑이 나아갈 길을 잃는다. 사랑의 형태는 무한하다.

말을 하지 않는 내숭

친구들과 만나면 쉴 틈도 없이 수다를 떨면서 남자 앞에서는 묵념하는 여자가 있다. 말수가 적으면 대화가 단절될 뿐만 아니라 자칫 지능이 떨어지는 여자로 오해를 살지도 모른다. 이런 여자와는 도무지 감정을 교환할 수 없어서 친해지기도 어렵다.

스킨십에 대한 내숭

손만 잡아도 큰일 날 것처럼 군다면 남자는 함께 있는 시간 자체를 한심하게 여긴다. 그래서 다른 여자를 물색할지도 모른다.

무조건 못한다는 내숭

놀이동산에 가서 놀이 기구를 타지 않는다면? 수영장에 가서 수영을 하지 않는다면? 여성미를 강조하는 것보다 상황에 유연하게 대처하는 모습이 더 매력적이다.

내숭은 자기 자신을 잘 알고 있는 여자만이 사용할 수 있는 기술이다. 자신이 이렇게 하면 가장 예뻐 보이는 것을 알기 때문에 내숭을 기술적으로 사용하는 것이고 남자는 그런 내숭에 넘어가게 된다.

어떤 내숭이든 먼저 자신의 이미지와 상황을 고려해야 한다. 그래야 내숭이 효과를 발휘한다. 오히려 내숭 때문에 상황이 어색해지면 관계만 딱딱해질 뿐이다.

여자는 자신을 숨기기 위해서가 아니라
조금씩 알려주려고 할 때 내숭을 부려야 한다.

내면의 가치로
마음을 **사로잡는 법**

예뻐도 깨는 여자가 있다. 특히 생각이 없는 것처럼 보이면 더욱 그렇다. 그래서 여자는 적당히 내숭을 떨 필요가 있다.

약속 장소에 일찍 도착했을 경우

책을 읽고 있어라. 비치되어 있는 잡지보다 직접 들고 온 책이 더 효과가 좋다. 기다릴 때 책을 보고 있는 여자는 드물다. 대부분 고개를 숙인 채 스마트 폰을 만지작거리고 있을 뿐이다.

그의 차를 탔을 경우

차 안은 그 남자의 취향이 반영된 공간이다. 일단은 그 남자의 취향을 즐기기 위해서 노력하라.

"이 방향제 냄새 별로예요.", "다른 음악 CD는 없어요?", "왜 선루프가 없어요?"라고 말한다면 남자는 자신의 차라도 내리고 싶을 것이다.

영화를 보러 갔을 경우

네티즌 평점을 언급하기보다 서로의 감상을 주고받자. 네티즌에게 별 1개짜리 영화가 그 남자에게는 별 5개짜리 영화일지도 모른다.

처음 듣는 음악일 경우

진지하게만 들어줘도 된다. 그 대신 끝까지 들어야 하는 인내심이 필요하다.

감명 깊게 읽었던 책을 물어볼 경우

《신데렐라》나 《백설공주》라도 상관없다. "요즘 누가 책을 읽어요?"라는 반응만 보이지 않으면 된다.

서로가 같은 취향이 아니라도 상관없다. 그녀는 사진 찍는 걸 좋아하고 나는 글 쓰는 걸 좋아한다면 나는 그녀의 사진 밑에 글을 써주면 된다. 서로 다른 취향으로 하나의 작품을 완성할 수 있는 것이다. 취향이 달라서가 아니라 타인의 취향을 존중하지 않아 문제가 발생한다.

> 남자는 좋아하는 뭔가를 할 때 여자가 가만히 지켜보다가 "좋았어요."라고만 해줘도 많은 부분 만족할 수 있다. 교양 있는 여자란 남자를 외롭게 하지 않는 여자다.

스마트 폰만 봐도 다 알 수 있다

필자는 스마트 폰을 사용하는 방법만으로 여자를 파악할 수 있다. 스마트 폰에 여자의 내면이 업데이트가 되기 때문이다. 그렇다면 자신을 스마트하게 보이는 스마트 폰의 업데이트 사용방법에 대해 알아보자.

- 최신가요를 컬러링으로 선곡하면 자신의 취향을 반영할 수 없다. 개성 없는 여자가 되는 것이다.
- 전화를 받을 때 "여보세요."보다 반기는 목소리로 상대방의 이름을 부른다. 남자는 자신을 반겨주는 여자에게 전화를 하고 싶어진다.
- 얼굴이 귀여운 여자가 토끼 모양의 휴대전화 케이스를 하면 완벽하게 귀여운 여자로 인식된다.
- 남자와 드라이브할 때에는 절대로 스마트 폰 게임을 하지 마라. 남자는 자신이 선정한 드라이브 코스를 통해 여자의 감성을 테스트한다.
- 카카오톡에서는 수신 여부를 숫자 '1'이 사라지는 것으로 확인할 수

있다. 따라서 일부러 늦게 답장해도 밀고 당기기의 심리 효과가 성립하지 않는다. 오히려 애는 타지 않고 분노만 폭발할 수 있다. 문자를 확인했다면 곧바로 답장을 보내야 개념 있는 여자로 인식된다.

- 프로필 사진은 자신이 좋아하는 장소, 감명 깊게 읽었던 책의 문구, 취미 활동을 하고 있는 모습 등 자신의 정서를 반영할 수 있는 것으로 설정해두자. 반면 음식 사진만 계속 올린다면 단순히 먹는 것만 밝힌다고 보일 수 있다.

- 그날그날 기분에 따라 카카오톡의 상태 설정 메시지를 바꾸면 위협적인 여자가 된다. 예를 들어, 남자친구와 다툰 다음에 '사랑은 어려워.'라는 의미의 상태 메시지를 설정해두면 정말 사랑이 어려워진다. 정말 화가 났을 때는 카카오톡의 프로필 사진과 상태 설정 메시지를 공백으로 둔다. 남자와 고차원적인 심리전을 펼칠 수 있다. 인간은 아무것도 보이지 않을 때 극도의 두려움에 빠지게 된다.

이 얼마나 아름다운 세상인가! 이 아름다운 세상을 사진에 담아 그 남자에게 전송해보자. 세상이 그를 위로해줄 수 있게 말이다.

자신이 스마트 폰과 함께 어떤 시간을 보내느냐에 따라
자신의 가치가 달라진다.
이제 스마트 폰은 '생활'이 아니라 '자신의 일부'다.

명문대가 아니라도
똑똑한 여자가 될 수 있다

과연 어떤 여자가 똑똑한 여자일까? 명문대를 졸업한 여자? 아니면 대기업에 입사한 여자?

사실 이 '똑똑한'이란 말은 객관적인 평가가 아니라 주관적인 평가에 가깝다. 내게 똑똑한 여자인 것이지 모든 사람에게 똑똑한 여자가 될 수는 없기 때문이다. 예를 들어, 내가 아무리 똑똑해도 상대방이 나의 똑똑함을 모른다면 똑똑한 사람이 되지 못한다. 그 사람이 아는 만큼만 내가 보이기 때문이다. 내가 아무리 영어를 잘해도 상대방이 영어를 모른다면 내가 영어를 얼마나 잘하는지 알 수 없는 것처럼 말이다. 그래서 똑똑한 여자가 되기 위해서는 개별적으로 접근해야 할 필요성이 있다.

- 글을 쓰는 내게 (내) 책을 달라는 명문대를 졸업한 여자보다 전문대를 나왔어도 직접 (내) 책을 사서 읽고 감상평까지 적어준 여자

가 더 똑똑하다. 나에게 있어서는 말이다.

- 불필요한 시사상식은 몰라도 된다. 그렇지만 적어도 상대방이 관심을 가지고 있는 분야만큼은 공부할 필요성이 있다. 그래야 대화가 통하고 관심이 깊어질 수 있기 때문이다.

- 영화 〈인생은 아름다워〉를 감명 깊게 본 내게 그녀가 뜬금없이 영화의 원제를 물어봤다. 내가 모른다고 하자 그녀는 자신 있게 말했다. "La Vita e bella." 이런 그녀가 오히려 수준 낮아 보였다.

- 그녀는 외국인 친구와 영어로 통화하기 전에 먼저 내게 양해를 구했다. 영어를 못하는 내가 소외감을 느낄까 봐 배려했던 것이다. 유창한 영어 실력보다 그녀의 배려가 그녀를 더욱 똑똑한 여자처럼 보이게 했다.

- 다른 사람들의 무식함을 비판하지 않는 것만으로도 충분히 자신의 무식함을 감출 수 있다.

엄마는 모르는 것이 많았고 자식은 아는 것이 많았다. 자식은 엄마에게 있어 똑똑한 아들(딸)이었다. 자식은 엄마의 말을 들으려 하지 않았다. 엄마의 말은 무조건 무시했고 엄마는 말해도 모른다며 제대로 설명하지 않았다. 그렇게 똑똑한 자식은 엄마를 항상 그런 식으로 대했다. 어느 순간부터 엄마는 너무 똑똑한 자식이 싫다고 하셨다.

반면 또 다른 자식은 엄마를 있는 그대로 봤다. 엄마가 말하면 끝까지 들어준다. 그러면서 엄마의 의견을 존중해주며 자신의 의견을 말한다. 엄마가 이해하지 못하면 상세히 설명해준다. 잔소리를 하셔도 긍정적으로 받아들인다. 엄마가 건강하시다는 증거라고 생각하면서. 이처럼 엄마의 마음을 편하게 해주는 자식이 엄마에게 있어 '똑똑한' 자식이다.

아는 것이 많아서 사람들을 소외시키는 여자는
똑똑한 여자가 아니다.

여자가 대화를
잘할 수 있는 비결

남자는 10대 때에는 얼굴을, 20대 때에는 몸매를, 30대 때에는 대화를 중요하게 여긴다. 그래서 나이가 들수록 대화가 통하는 여자를 만나고 싶어 한다.

사실 대화가 통한다는 것 자체가 애매하다. 사람에 따라 관심사도 다르며 매번 대화의 주제도 달라지는데 어떻게 모든 사람과 대화가 통할 수 있단 말인가! 어차피 대화가 통한다는 것은 느낌이다. 즉, (대화가 통한다는) 느낌만 심어주면 대화가 통하는 여자가 될 수 있는 것이다. 그렇다면 어떻게 해야 대화가 통하는 느낌을 심어줄 수 있을까?

집중해서 듣는다

남자의 말을 건성으로 들으면 남자는 자신의 말을 이해하지 못했다고 판단할 가능성이 높다. 그렇게 되면 대화 수준이 떨어지는 여자로 오해받게 된다.

일단 무슨 말을 하는지 잘 몰라도 집중해서 들어주면 그 남자는 자신과 대화가 잘 통하는 여자라고 생각한다. 그 남자의 말 중에서 아는 부분에 대한 의견만 제시해도 충분하다.

표정과 자세 관리를 한다

전화보다 만나서 대화를 나누면 온몸으로 대화의 내용을 체감하기 때문에 더 빨리 친해지는 느낌을 받는다. 공감하는 표정만 보여도 남자는 신나서 더 많은 말을 하며 시간도 빨리 가는 것처럼 느낀다.

그의 말에 호응해준다

"정말요?", "대단하네요!", "이야! 멋져요!"

리액션(reaction)은 대화의 생동감을 부여한다. 사실 호응만 잘해줘도 남자는 대화가 잘 통한다고 느낀다.

첫 만남에서는 토론을 피한다

아무리 많은 말을 주고받아도 반대 의견에 부딪히면 전혀 대화가 통하지 않았다는 결론에 도달한다. 첫 만남에서는 가급적 토론을 피하고, 상대방의 의견을 존중하자. 모르는 이야기는 길게 하지 마라.

성형외과에서 일하는 그녀는 온종일 병원 이야기만 했다. 남자는 그녀의 다른 이야기를 듣고 싶었지만 그녀는 남자가 모르는 의사나 환자 이야기만 할 뿐이다. 그녀는 대화를 나눌 줄 몰랐고 일방적으로 자기가 알고 있는 이야기만 쏟아냈다. 대화를 할수록 그런 그녀가 지루해지기 시작했다.

상대방의 입에서 "네."가 연속으로 3번 이상 나오면 대화의 주제를 바꿀 타이밍이다. 상대방이 지루해지고 있다는 신호이기 때문이다.

우리는 어쩌면 대화가 통하는 사람을 원하는 것이 아니라 자신의 말을 들어줄 수 있는 사람을 원하는 것인지도 모른다. 어차피 자신과 생각이 똑같은 사람은 존재할 수 없으니까.

누군가 내 이야기에 귀를 기울여주면 자신이 좀 더 가치 있는 사람처럼 여겨진다. 눈앞의 남자는 당신을 통해 자신의 가치를 확인하고 싶어 하는지 모른다. 그래서 당신보다 말이 더 많은 것이다.

대화가 통하지 않는다면
함께 만나서 무엇을 해도 진심으로 즐거울 수 없다.
결국 행위의 즐거움만 추구하다 할 게 없으면 헤어져야 한다.

26

마음을 확인한다고
일부러 튕기지 마라

그녀는 미인은 아니었지만 사람을 끌어당기는 흡입력이 있었다. 필자는 좀 더 많은 대화를 나누고 싶었지만 그녀는 별로 말이 없었고 자꾸만 고개를 숙인 채 휴대전화만 만지작거릴 뿐이었다. 필자는 '내가 마음에 들지 않은 걸까?'라고 생각할 수밖에 없었다.

우리의 첫 만남은 별다른 진전 없이 아쉽게 끝나고 말았다. 그녀도 필자에게 관심이 있다는 것을 나중에 알게 되었다. 하지만 필자가 마음에 없으면서 예의상 친절하게 대한다고 생각했다는 것이 아닌가. 만약 그녀가 조금만 더 붙임성 있게 다가왔다면 그녀와 필자는 좋은 관계를 유지했을지도 모른다.

어떤 여자든 남자를 사귀면서 상처를 받는다. 그래서 상처로부터 자신을 보호하는 방법을 가장 잘 알고 있다. 바로 상대방이 자신을 거절하기 전에 먼저 거절하는 것이다. 분명히 그 남자가 마음에 들면서도 "우리 편한 친구해요.", "제가 괜찮은 여자 소개해줄까요?", "전 연애에 별로 관심이 없어요."라고 말한다. "전 못생겨서 남자들이 별로 안 좋아해요."라고 말하기도 한다. 그러면 남자는 '내가 마음에 들지 않는구나.'라고 생각한다.

사람마다 보는 눈이 달라서 괜찮게 보는 부분도 다 다르다. 자신조차 의식할 수 없었던 부분에 상대방이 반하기도 한다.

얼마나 창조적인 취향(?)을 가진 남자들이 많은 줄 아는가! 그런데 당신이 미리 마음을 닫아 버린다면 남자도 그렇게 해버린다. 물론 자신의 콤플렉스 때문에 실연을 경험하면 콤플렉스에 민감하게 반응한다. 예를 들어, 가슴이 작아서 헤어졌다면 어떻게든 가슴을 감추려고 할 것이다. 그런데 가슴속에 자신의 모든 장점까지 감춰둘 필요는 없다. 당신은 가슴이 작은 여자일 뿐이지 아무런 장점도 없는 여자가 아니기 때문이다. 그는 그걸 알아보고 당신에게 호감을 표현하고 싶었던 것이다.

이제 당신이 먼저 장점을 발견할 차례다. 그래서 남자가 당신의 장점을 알기 전에 먼저 자신의 장점을 꺼내놓자. 멀리 떨어져 있으면 장점인지 단점인지 잘 보이지 않는다. 좀 더 붙임성을 갖고 그 남자에게 한걸음만 더 다가가야 한다. 내가 보일 수 있도록, 그 남자가 알아볼 수 있도록 말이다.

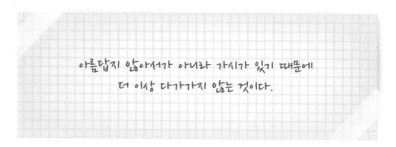

아름답지 않아서가 아니라 가시가 있기 때문에 더 이상 다가가지 않는 것이다.

가치 있는 여자가
되기 위한 10가지 법칙

1. 성형으로 남자를 끌어당길 수는 있다. 하지만 남자를 머무르게 하는 것은 결국 자신의 내면적인 자질이다.

2. 얼굴이 안 되면 몸매라도, 몸매가 안 되면 스타일이라도, 다 안 되면 붙임성이라도 있어야 연애를 시작할 수 있는 최소한의 기회를 확보하게 된다. 이 세상은 한없이 냉정하다. 관심은 동정이 아니다.

3. 남자는 여자의 화장이 아니라 표정에 속는다. 표정이 풍부한 여자는 화장을 많이 한 여자를 이긴다. 표정이 풍부한 여자가 되기 위해서는 우선 자신에게 솔직해야 하며 감흥이 살아 있어야 한다.

4. 남자는 여자가 어떤 옷을 입든 여자의 몸매부터 가늠한다.

5. 우리는 정작 자신에게 어울리는 머리카락 길이조차 확신이 없다. 변덕에 따라 머리카락을 자르지 말고, 정말 잘 어울리는 길이로 헤어스타일을 연출할 수 있어야 한다.

6. 잘 들어주고, 잘 웃어주고, 잘 호응해주는 여자는 괜찮은 여자다.

7. 그 남자가 자신(여자)의 가치를 볼 수 없다면 자신의 가치가 떨어질 수밖에 없다. 따라서 모든 사람에게 잘 보이려는 욕심을 버려야 한다. 서로의 가치를 알아보는 인연은 드물다.

8. 남자는 여자의 소박함에서 기쁨을 찾는다.

9. 치마를 하나 살 때 책도 한 권 같이 사라. 그때 섹시함이 극대화가 된다.

10. 예쁘지 않더라도 결정적인 뭔가를 갖추고 있는 여자를 많은 남자가 운명적으로 선택한다.

현재 카카오톡 프로필에 등록되어 있는 당신 사진을 보고 그 남자는 무슨 생각을 할까?

3장

남자를 알아야
중심을 잡을 수 있다

나쁜 남자에 대한
환상을 버려라

나쁜 남자에게 끌리지 않는 여자는 없다. '나쁜 남자'라는 타이틀은 충족될 수 없는 여자가 만들어낸 욕망이기 때문이다.

그 남자는 나에게만 나쁜 남자다. 내게 관심이 없었기 때문에 무관심했고, 차가웠으니까. 그 남자가 마력을 갖고 있어서가 아니라 소유할 수 없었던 나의 갈망이 그 남자에게 거부할 수 없는 마력을 부여한 것이다.

"나는 나쁜 남자가 좋아요."

이것은 정말 뭘 모르고 하는 소리다. 사랑할 때 여자에게 가장 중요한 것은 '내가 사랑받고 있는가?'이다.

나쁜 남자는 이 전제조건을 충족시켜 주지 않는다. 나를 사랑하지 않기 때문에 나쁜 남자로 불려졌고, 그런 만큼 이기적으로 나를 대할 것이다. 이런 남자에게 여자가 기대할 수 있는 것은 '상처' 하나뿐이다.

의외로 여자들이 나쁜 남자에 대한 미련을 쉽게 버리지 못한다. 그 남자에게 숨겨둔 애인이 있어도, 돈을 빌려서 갚지 않아도, 수시로 잠수를 타도 미워하거나 포기하지 않는다. 오히려 나쁜 남자가 될 수밖에 없는 사정을 이해하려고만 한다.

물론 사랑이 항상 아름다울 필요는 없다. 누군가에게 있어서는 타락도 사랑의 한 형태니까. 그렇지만 그 남자를 사랑하면서 자신의 가치를 잃게 되거나 그 남자가 가치를 알아주지 못한다면 그 관계는 반드시 끝나게 되어 있고 함께 했던 시간마저 후회로 남을 가능성이 높다.

지금 아무리 나쁜 남자에게 빠져 이성을 잃어도 자신의 소중한 가치를 망각해서는 안 된다. 관계의 끝은 결국 이기심 때문이다. 나를 더 사랑하기 때문에 상대방을 떠나게 된다.

처음과 달리 이제는 내가 지쳐 그를 떠날 수 있다. 그 남자는 드라마에 나오는 잘생기고 멋지며 겉으로는 차갑지만 속은 따뜻한 그런 나쁜 남자가 아니다. 나를 사랑하지 않아서 내가 어떻게 되든 말든 자기 마음대로 하고 보는 이기적인 인간일 뿐이다.

이제 나를 찾을 시간이다. 사랑으로 그 남자를 변화시킬 수 있다는 그 부질없는 믿음에 더 이상 희망을 걸지 마라. 남자는 변하지 않는다.

나쁜 남자도 상대방에 따라 착한 남자가 될 수 있다. 만약 당신을 계속 나쁘게 대한다면 나쁜 대우를 받아도 되는 여자로 생각하는 것이다. 상대방이 나쁜 걸 알면서도 헤어지지 못하고, 상대방의 성미를 다 맞춰준 결과다.

못생겼으니까
절대 바람피우지 않겠지?

남자를 많이 만나지 않으면 남자에 대해 착각하기 쉽다. 예를 들어, 남자답게 생겨야 남자답다고 착각하는 것처럼 말이다.

남자는 외면과 내면의 차이가 크다. 그래서 전혀 바람둥이 같지 않은 남자에게 발등을 찍히는 경우가 많다. 그렇다면 여자는 주로 어떤 착각에 빠질까?

남자의 덩치 = 아빠 같은 포근함

덩치가 있어야 여자가 기댈 수 있다고? 둔감해서 살이 쉽게 찌는 바람에 덩치가 커진 것일 수 있다. 보통 둔감하면 여자친구의 태도에도 무감각해지는데 이러한 행동을 자상하고 포근하게 느끼는 경우가 있다. 남자의 덩치와 여자를 안아줄 수 있는 포용력은 별개다.

안정적인 조건 = 안정적인 결혼 생활

안정적인 조건의 남자와 결혼하면 안정적인 결혼생활을 할 수 있다고 착각한다. 그러나 사랑은 내면의 성숙함에 따라 안정적인 방향으로 흘러갈 뿐 외부적인 조건으로 감정의 평온이 유지되지 않는다.

평범한 사람 = 평범한 사랑

특별한 여자도 평범한 남자와 평범한 사랑을 꿈꾸기도 한다. 하지만 필자의 경험상 문제없는 사람, 평범하지 않은 사랑은 존재하지 않았다. 그 문제가 나한테 얼마나 큰 문제인지, 작은 문제인지 그 차이만 있을 뿐이었다. 평범한 사랑을 하고 싶다는 발상 자체가 평범하지 못한 발상이다.

잘생긴 남자 = 바람둥이

바람은 기질이다. 잘생기고 못생기고를 떠나 바람둥이의 기질이 있느냐 없느냐가 관건이다. 그런데 못생긴 남자가 바람을 피우게 될 가능성이 더 높은 이유는 눈을 낮춰 선택했기 때문이다.

외제 차 = 돈 많은 남자

긴 말 필요 없이 필자는 방 한 칸짜리 월세에 살면서도 벤츠 등을 타고 다니는 남자를 많이 알고 있다. 평소에는 대중교통을 이용하다가 여자를 만날 때만 차를 몰고 나간다. 차량 구입 시기와 이동거리 등을 확인해보면 그 남자의 빈곤이 금방 탄로 난다.

사실 누군가를 바로 보기란 어렵다. 자신의 모습조차 쉽게 왜곡한다. 그렇다고 해도 자신이 중요하게 여기는 것들에 관한 믿음이 있어야 한다. 남들이 중요하다고 해서가 아니라 내게 중요한 것, 그래서 소중하게 지켜 나갈 수 있는 것들이 명확할 때 소중한 선택을 할 수 있다. 즉, 소중한 사람과 소중한 사랑을 하는 여자가 되는 것이다.

많은 여자들이 사귀고 난 이후에 그가 변했다고 한다.
변한 것이 아니라 원래부터 그런 사람인데
그동안 외모와 직업에 속아 착각했던 것이다.

남자의 **바람기 판별법**

내 남자가 잘나 보여서 바람둥이로 의심한다. 하지만 겉으로 바람둥이를 판별할 수 없다. 바람은 '끼'라서 외모와 상관없기 때문이다. 그렇다면 바람둥이의 특성을 살펴보며 남자의 바람기를 가늠해보자.

전화

바람둥이는 전화를 잘하지도 받지도 않는다. 그렇지만 문자 메시지는 잘 보낸다. 문자는 여러 가지 주변 정황을 숨길 수 있기 때문에 바람둥이에게 유리한 연락방법이다. 그리고 함께 있을 때 휴대전화를 꺼내놓지 않는다. 꺼내놓더라도 터치 스크린이 보이지 않도록 덮어둔다.

통화 내역

바람둥이는 습관적으로 통화 내역을 삭제한다. 메시지도 마찬가지다. 일단 삭제부터 하고 본다. 그래서 바람둥이의 휴대전화 역사는 항상 다시 시작된다.

약속

바람둥이는 약속을 미리 잡지 않는다. 당일에 약속을 잡는다. 그러면 보통 오늘 A와의 만남이 취소되어서 B에게 만나자고 하는 것이다. 오늘 시간이 없다고 하면 "그럼 다음에 봐요."라고 하는 대신 다음 약속은 정하지 않는다. 왜냐하면 다음에는 A와 만나기 때문이다.

말에 관한 기억

내게 했던 말이 아니었는데 자꾸만 했던 말이라고 우긴다. 다른 여자에게 했던 말을 내게 했다고 착각하는 것이다.

진지함

바람둥이는 진지한 상황을 싫어한다. 진지해질수록 책임감의 무게를 느끼기 때문이다. 그래서 그 남자의 애정표현도 깃털처럼 가볍게 느껴진다. 마치 대중가요를 부르듯 쉽게 자신의 진심을 흥얼거린다.

스킨십

스킨십을 허락하는 기점으로 데이트 패턴과 자신을 대하는 태도의 변화가 확실하게 느껴진다면 그 남자가 바람둥이일 가능성이 높다.

남자의 바람기를 잠재우는 방법은 3가지다.

1. 자기계발: 당신의 가치가 다음 사랑에 대한 여지를 잠재운다.

2. 차별화된 추억: 다른 여자들과 차별화될 수 있는 추억이 당신을 차별화시킨다.

3. 그 남자를 인정해주는 것: 남자는 자신을 인정해주는 여자에게 정착한다.

사실 남자라면 누구나 바람을 피우게 될 가능성이 있다. 그렇지만 당신을 사랑해서, 현실에 만족해서, 미래를 기대해서 바람을 참는 것이다. 자신을 사랑해서 담배를 참는 것처럼….

"네가 그러면 나는 바람을 피울지도 몰라."
바람으로 사랑을 흥정하는 남자는 최하다.

남자만 알고 있는 **남자의 진실**

'설마'하면서도 '의심'할 수밖에 없는 여자가 모르는 남자의 진실이 있다. 여자들을 위해 남자의 불편한 진실을 모두 털어놓겠다. 단, 이 진실을 남자들에게 검증할 수는 없다. 왜냐하면 모두가 자신은 아니라고 부정할 테니까.

- 남자는 사랑하지 않는 여자와 섹스할 수 있다.
- 남자는 애인의 가장 친한 친구와 섹스할 수 있다.
- 남자는 섹스가 끝나면 잠수를 탈 수 있다.
- 남자는 클럽, 나이트, 주점에서 있었던 무용담을 남자들에게만 털어놓는다.
- 한 번 바람을 피운 남자는 또 다시 바람을 피울 수 있다.
- 남자는 부모를 걸고도 거짓말을 할 수 있다.
- 남자는 단지 미안해서 이별을 보류하기도 한다.

- 결혼 전, 남자는 여자의 임신을 재수 없는 일로 생각할 수 있다.
- 남자는 단지 그녀의 몸이 그리워서 연락할 수 있다.
- 남자는 자신이 빈털터리라도 부자인 척 능숙하게 연기할 수 있다.
- 남자는 동정심 때문에 다시 그녀에게 돌아가기도 한다.
- 남자는 기분에 사귀자는 말을 할 수 있다.
- 신데렐라가 되고 싶어 하는 남자도 많다.
- 외제 차를 욕하는 남자 중에 외제 차를 욕망하지 않는 남자는 없다.
- 모텔 대실의 목적은 오직 섹스와 숙박비 절약이다.
- 남자는 섹스를 하기 위해서 사랑한다고 고백할 수 있다.
- 남자는 헤어지고 나서 그녀에게 쓴 돈을 계산한다.
- 남자는 그녀에게 비싼 선물을 사준 일을 후회한다.
- 남자는 여자의 가슴이 크다는 이유만으로도 호감을 표시한다.
- 여자의 가슴이 작아서 헤어지는 남자도 있다.
- 남자는 친구에게 애인을 넘길 수 있다.
- 남자는 친구에게 애인과 섹스한 이야기를 자랑삼아 이야기한다.
- 남자가 동거하는 이유는 처음부터 결혼할 마음이 없기 때문이다.
- 남자는 새로운 애인이 생길 때까지만 현재 애인을 곁에 둘 수 있다.
- 남자는 본전 생각을 한다. 본전을 뽑을 때까지 그녀를 곁에 두고 자신의 욕망을 충족시킬 수 있다.

만약 당신이 어떤 남자에게 당했더라도 그 때문에 남자를 보는 관점이 굳어지면 안 된다.

'남자는 다 그래! 이제 다시는 마음을 열지 않을 거야!'

이런 결심을 한다면 이것이야말로 그 남자에게 제대로 당한 결과다. 분명히 괜찮은 남자는 존재한다. 예전의 경험이 마음의 문을 닫는 계기가 된다면 그게 여자의 가장 큰 희생이다.

남자는 금방 자신을 드러낸다.
하지만 여자는 자신의 허영심에 가려
남자를 바로 보지 못한다.

'ㅋㅋㅋ' 때문에 **확** 질린다

남자들의 반감을 사는 단어들이 있다. 예를 들어, '청담동'과 같은 단어의 경우 상대방의 조건에 따라 부정적인 인식을 심어줄 수 있다.

"주제에 청담동 같은 소리 하고 있네."

즉, 소형차를 모는 사람이 '벤츠'라는 단어를 듣게 되면 괜히 벤츠가 미워지는 심리와 같다. 물론 미워하는 만큼 갈망도 크겠지만 말이다. 그렇다면 자신의 의도와는 상관없이 남자들의 반감을 살 수 있는 단어에 대해 살펴보자.

- 오빠: 너무 쉽게 '오빠'라는 호칭을 쓰면 가볍게 보일 수 있다.
- 차: 차가 없는 남자에게 자꾸만 차를 언급하면 위축된다.
- 벤츠, BMW, 아우디: 고급 외제차를 소유하고 있지 않은 이상 민감하게 반응할 수 있다.
- 내 친구 남자친구: 이미 엄마 친구의 아들 때문에 예민해져 있다.

- 몸짱: 듣는 순간, 헬스장 관장 같은 몸을 떠올린다.
- 이벤트: 이벤트에 대한 부담감 때문에 지쳐버릴지도 모른다.
- ㅋㅋㅋ: 진지한 말을 할 때, 사과를 할 때, 애정을 표현할 때만이라도 가급적 'ㅋㅋㅋ'를 쓰지 말자.
- 야!: 아무리 화가 나도 남자에게 "야!"라고 해서는 안 된다. 되도록 이름을 불러주자.
- 몰라: 무조건 모른다고 하지 말고, 설명부터 해준다. 그는 독심술사가 아니다.

단어는 그 사람의 인격을 통해 선별된다. 하지만 자각만으로도 충분히 예쁜 말만 할 수 있다. 아무리 외모가 출중해도 그 외모에 걸맞은 단어를 사용하지 않으면 인상이 나빠질 수밖에 없다.

당신이 그 남자에게 자주 쓰는 단어는 무엇인가? 노트에 한 번 적어보자. 어떤 정서가 느껴지는가? 혹시 입장을 바꿔보면 불편해질 만한 단어가 있는 것은 아닌가? 그 단어를 대신할 수 있는 또 다른 단어를 찾아보며 그 남자를 향한 사랑의 단어장을 수정하자. 그러면 그 단어에 어울리는 향기의 사랑을 하게 될 것이다.

그 남자가 화가 났던 이유는 그 상황 때문이 아니라
그 상황에서 당신이 썼던 단어 때문일지도 모른다.

32
쉽게 '처음'이라고 말하지 마라

"저는 결혼을 전제로 사귀고 싶어요."

이렇게 말하는 여자는 남자가 관심이 있어도 부담스럽다.

만약 당신이 그 남자를 놓치고 싶지 않다면 관계가 확정될 때까지 불필요한 부담을 줘서는 안 된다.

맞선이 부담스러운 이유도 마찬가지다. 사귀면 결혼해야 하기 때문이다. 좋아하는 감정보다 부담이 앞서게 되면 상대방 자체를 불편한 존재로 여기게 된다.

그렇다면 여자가 남자에게 부담을 줄 수 있는 것에는 뭐가 있을까?

- "저는 부모님께 이성교제를 허락받아야 해요." → 부담 100배가 아니라 도망가고 싶다.
- "저는 버스나 지하철 타는 걸 가장 싫어해요. 요즘 버스 요금이 얼마예요?" → 대중과 거리가 멀면 대중은 부담스럽다.

- "드라이브 좋아해요? 전 드라이브하는 걸 가장 좋아해요." → 차가 없는 남자에게는 거절 의사나 마찬가지다.
- "옛날 남자친구 만날 때는 돈을 한 푼도 안 썼는데…." → 유지비가 부담스러운 여자가 된다.
- 혼자 좋아했던 기한을 강조하지 마라. 그건 자의적이라서 애절함에 호소할 수 없고 부담만 가중될 뿐이다.
- "결혼할 때까지 절대로 안 돼요." → 연애는 섹스의 가능성이 있는 관계다. 가능성이 없으면 연애가 진전되지 않는다.
- "난 남자와 사귀려면 최소 3개월 이상은 지켜봐야 해." → 지금 당장 외로운 그 남자에게는 엄청난 부담이 된다.
- 30대 여자와 사귀면 남자는 결혼해야 할 것 같은 부담을 가진다. 따라서 처음부터 결혼관을 늘어놓지 마라.
- "우리 나와서 함께 살까?" → 남자의 입장에서 그리 쉽게 생각할 수 있는 문제가 아니다.
- 절망적인 집안 환경을 털어놓지 마라. 그녀를 만나서 뭘 해야 할지 막연해진다. 남자에게 좋은 일이 있어도 축하받지 못한다.
- "나와 사귀면 함께 교회 갈 수 있지?"
- 스타일에 관심 많은 남자라면 여자의 촌스러운 스타킹에 부담을 느낄 수 있다.
- 여자가 고슴도치를 키운다고 하면 일부 남자는 알 수 없는 부담감에 시달리기 시작한다.
- 너무 성격 좋고 쾌활해도 부담스럽다. 진지한 분위기가 필요할 때 어떻게 분위기를 잡아가야 할지 난감하기 때문이다.

• "나랑 결혼할래? 아니면 나랑 헤어질래?" → 가장 좋을 때 이런 말을 하게 되면 가장 부담스럽다.

여자는 부담스럽다는 사실을 알면서도 남자에게 부담을 준다. 부담을 감수해주면 자신을 진심으로 사랑한다고 믿기 때문이다. 하지만 단지 그럴 만한 시점이라서 부담을 받아준 것뿐이다. 오늘이 아니라 어제 그런 부담을 줬다면 결과는 또 어떻게 달라질지 모른다.

자신의 일 없이 오직 남자에게만 몰입하는 여자는
남자에게 있어 가장 부담스러운 존재다.

33

처음에는 아무리 바빠도
여자가 우선

남자는 항상 일과 우정을 우선순위로 두지 않는다. 정말 마음에 드는 여자가 나타나면 그 여자가 우선순위가 된다. 특히 연애 초반에는 일도, 친구도 저버리고 그 여자 중심으로 선택한다.

남자는 지금 당장이라도 좋아할 수 있다. 만약 처음부터 그 남자의 마음을 모르겠다면 그 남자가 당신에게 반하지 않았다고 보면 된다. 어떤 남자든 임자를 만나면 적극적으로 돌변한다.

"저, 오늘은 일 때문에 바빠서….", "다음에 식사 한 번 해요.", "친구들과 선약이 있어서…."처럼 합당한 이유라고 해도 100% 다 믿는다면 헛된 기대감만 키우게 된다. 만나기 어렵다면 그 남자는 당신에게 관심이 없다. 남자가 여자에게 관심이 있다면 어떻게 할까?

"그럼 내일은 어때요? 모레는? 평일도 괜찮아요."
어떻게든 약속을 잡아 빨리 만나려고 한다. 그래야 진도를 나갈 수 있기 때문이다. 업무 보고? 친구와의 술자리? 게임? 지금 그게 중요하지 않다.

"제가 과거에 축구를 좀 했죠. 강남의 메시라고 들어 보셨어요?"

지금 당장 검증할 수 없는 유치한 자기 자랑을 늘어놓는다. 남자가 여자를 좋아하면 어린 아이가 된다.

"나랑 잘래? 아니면 나랑 헤어질래?"

여자를 두고 절대 양극을 달리지 않는다.

"뭐 좋아하세요?"

여자의 취향에는 여자를 유혹할 수 있는 힌트가 숨어 있다. 그 힌트를 얻기 위해서 취향을 묻는다.

"저도 정말 좋아해요!"

남자는 특히 공감대 형성에서 유아적이다. 한 번도 먹지 않았지만 어느 순간부터 자신이 가장 좋아하는 음식이 된다.

연락이나 답장은 최대한 빨리 한다

좋아하는 여자가 생기면 휴대전화에 집중한다. 항상 의식해서 휴대전화를 꺼내놓는다. 답장이 늦어지는 이유는 어떻게 답장을 쓸지에 대해 고민해서다.

커피 한 잔 샀을 뿐인데 매우 고마워한다

1을 주면 1이나 2가 아니라 3을 주려고 노력한다. 남자의 계산법은 극단적이다. 치밀하게 계산하거나 확 퍼주는 것이다.

기타 관심의 표현들

사소한 말에도 민감하게 반응한다, 사귀자는 의도를 드러낸다, 문자를 정성스럽게 보낸다, 매번 다른 스타일로 여자를 만난다, 가르마라도 바꾸려고 한다, 여자의 가족에게까지 신경 쓴다, 잘 들어갔는지 확인하고 잔다, 통화를 더 오래하기 위해서 쓸데없는 것까지 물어본다, 여자와 일치하는 이모티콘이 많다 등이 있다.

많은 여자들이 소개팅한 후에 그 남자가 관심이 있는지, 없는지를 궁금해 한다. 그런데 정작 '어떻게 하면 자신에게 관심을 가질까?'는 궁금해 하지 않는다.

먼저 자신이 얼마나 괜찮은 여자인지를 보여주는 것이 관심의 증거를 찾는 것보다 우선순위다. 오직 관심이 '있는지', '없는지'에만 연연하다가는 그 남자의 마음을 사로잡을 수 있는 최소한의 기회마저도 날려 버리고 만다. 관심이 없으면 관심이 있게 만들어야 하는 것이다.

> 성격과 상관없이 남자는 좋아하는 여자에게 좋다고 하고,
> 싫어하는 여자에게 싫다고 한다.
> 그것도 아니면 아예 상대하지 않는다.

이벤트 하는 남자를 **조심하라**

남자는 키스하기 위해서 분위기를 잡는다. 분위기를 원해서 잡는 것이 결코 아니다. 키스만 할 수 있다면 분위기는 크게 상관없다. 반면 여자는 분위기를 중요하게 여긴다. 분위기가 제대로 되어 있지 않으면 키스를 해도 만족하지 못한다. 사랑만큼 형식에도 신경 쓰기 때문이다.

사랑은 측정할 수 없는 감정이다. 그래서 여자들은 사랑을 형식으로 가늠하려 한다.

"말로만 사랑한다고 하면 뭘 해?"

"넌 꼭 이런 곳에서 100일 선물을 줘야겠니?"

"크리스마스에는 어떻게 보낼까?"

어떤 여자든 자신을 사랑한다면 남자가 이 정도는 해줘야 한다는 마지노선을 갖고 있다. 그 수준은 자신의 상식이기 때문에 거기에 부합하지 못하면 상식밖이 된다. 그걸 해줄 수 없는 남자와는 사랑을 할 수 없을지도 모른다. 여자에게 있어 사랑은 바로 그런 것이다.

하지만 남자는 간소하다. 그래서 여자들 대부분이 남자와 사귀고 나서 실망하게 된다.

"진해 군항제? 벚꽃이야 다 똑같지 않나?"

"사랑보다 그런 게 중요해?"

남자는 사랑이 식어서가 아니라 사랑하기 때문에 형식을 생략한다. 남자에게 중요한 것은 사랑이고 그 외는 별로 중요한 것이 아니라고 생각한다. 사랑하지 않으면 모든 것이 무의미해진다고 여기기 때문이다.

남자는 한눈을 팔지 않는 것만으로도 여자에 대한 소홀함을 정당화할 수 있다. 그렇다면 처음에는 왜 그렇게 분위기 있는 남자처럼 보였던 것일까? 여자와 사귈 때까지 자신(남자)이 알고 있는 좋은 분위기를 답습했기 때문이다.

그래서 사귀고 난 이후부터는 분위기에 무뎌질 수밖에 없다. 학습한 분위기를 모두 소진했기 때문이다. 남자들의 이벤트 레퍼토리가 한정적인 이유도 마찬가지다.

남자의 분위기에 속지 마라. 분위기는 남자의 내숭이다. 많은 여자가 그날의 분위기에 넘어갔다고 하소연을 한다. 하지만 그 남자가 만든 분위기와 그 남자는 아무런 상관이 없었다.

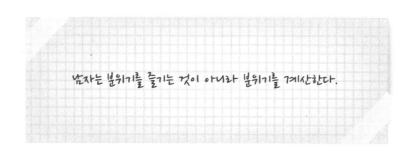

남자는 분위기를 즐기는 것이 아니라 분위기를 계산한다.

밤에는 남자 전화 받고 나가지 마라

'지금 그에게 필요한 사람은 나일까? 아니면 여자일까?'라는 생각이 들 때가 있다. 남자는 좋아하지 않아도 좋아하는 것처럼 보일 수 있다는 사실을 익히 들어 알고 있기 때문이다. 그렇다면 이런 남자의 성향을 간파할 수 있는 방법은 없을까?

- 술을 마시고 나서 밤늦게 불렀는데 대화가 주(主)를 이룬다면 '당신'이, 스킨십이 주(主)라면 '여자'가 필요한 것이다.
- 부킹할 때, 당신이 단지 그의 옆에 앉았기 때문에 친구보다 호감을 더 표현했을지도 모른다. 이는 암묵적인 규칙이다. 다음 부킹 때 어떻게 입장이 바뀔지 모르기 때문이다.
- 2대 2의 만남에서 남자 A, B는 모두 여자 C가 마음에 들었다. 그런데 여자 D가 남자 A에게 마음이 있다. 이런 상황에서는 여자 D에게 관심을 표현하면 쉽게 넘어온다. 남자 A는 친구인 남자 B가 여자 C

와 연결되도록 하면서 위험 부담이 적은 여자 D와 사귀기로 했다. 그렇지만 결국 오래 가지 못했다. 여자 D와 함께 있어도 자꾸만 여자 C가 생각나기 때문이다.

만약 그 남자가 의심스럽다면 다음과 같은 방법으로 그 남자의 진심을 확인할 수 있다.

- 스킨십 거부: 스킨십을 하지 못하면 그냥 집으로 가버린다.
- 데이트 준비성: 즉흥적으로 당신을 불러냈기 때문에 데이트 준비가 부족하다.
- 바쁜 척: 그날만 심심해서 연락한 것이라 다음 번 만남은 제안하지 않는다.

그 남자가 그저 여자가 필요해서 당신과의 관계를 유지하더라도 당신이 매력을 발산한다면 사랑이 좀 더 진전될 가능성이 있다.

필자는 그저 즐기기 위한 목적으로 만난 여자와 아주 오랫동안 깊은 관계를 유지하고 있는 남자를 많이 알고 있다. 사실 이만한 여자가 없다는 사실을 뒤늦게 깨닫기도 한다.

자신은 어떤 여자인가? 함께 대화를 나누고 취향을 공유하며 성장할 수 있는 여자인가? 아니면 그저 밤에 만나서 술이나 마시거나 섹스를 하지 않으면 아무것도 할 수 없는 여자인가? 자신의 가치가 타인의 목적과 의도가 된다는 사실을 잊지 마라.

36

괜찮은 남자는
한 번만 만나도 알 수 있다

많이 만나야 그 남자를 알 수 있는 것은 아니다. 한두 번만 만나도 충분히 괜찮은 사람인지 파악할 수 있다. 필자 또한 다음과 같은 방법으로 남자를 알아본다. 정말 괜찮은 친구가 될 수 있는지를 말이다.

- 일부러 예쁜 말만 골라서 할 수는 있다. 하지만 말투는 영혼의 울림이다. 말투가 자상하다면 성격도 자상하다. 반대로 말투가 거슬린다면 연애도 거슬린다.

- 커피를 다 마시면 바로 자리에서 일어나야 하는 남자는 존재의 즐거움이 금방 바닥날 가능성이 높다. 이런 남자는 서로의 존재를 즐기지 못하고, 끊임없이 어떤 행위를 추구한다. 가만히 있지 못하고 담배를 피우거나 다리라도 떨어야 시간을 보낼 수 있다. 결국 만나서 더 이상 할 것이 없으면 집에 가야 한다. 앞으로 여자를 외롭게 만들 수 있다.

- 터프한 척하거나 건들건들 거리면서 호기를 부리는 남자는 시시콜콜한 것까지 남자다움을 내세우며 시비를 걸 여지가 있다. 같이 있는 여자의 인생이 피곤해진다.

- "딱 한 병만 더 시킬게.", "딱 한 개비만 더…."라고 말하는 남자는 그렇게 절제력의 한계를 여지없이 드러낸다.

- 함께 있을 때 야구 중계에 빠져 있는 남자는 남성적 취향이 강하다. 그래서 여성적 취향이 강한 여자와 매번 대립할 것이다.

- 전화를 걸어야 하는 상황인데도 문자를 보내는 남자는 매사에 무신경한 것이다. 꾸준하게 관심을 요구하는 여자와는 맞지 않을 수 있다.

- 여자(친구)에게 "여기 피클 좀 더 달라고 해."라고 말하는 남자는 집에서 엄마에게 "엄마, 물!"하는 남자다.

- 자신이 우두머리라고 강조하려는 남자는 친한 친구도 막 대한다. 진정한 우두머리는 친구를 존중한다.

- "자기야, 우산 들고 와."라고 했는데 남자는 비가 올 것 같지 않다며 우산을 갖고 나오지 않았다. 이런 남자는 자기 생각을 더 중요하게 여기고 여자의 의견은 쉽게 무시한다.

'괜찮은 남자'란, 남이 아니라 자신에게 괜찮은 남자를 말한다. 괜찮은 남자를 만나기 위해서는 괜찮은 남자에 대한 자기만의 기준이 있어야 한다.

필자는 그녀가 입고 있는 옷의 브랜드보다 어떻게 입는지를 더 주의 깊게 본다. 그녀의 학력보다 어떻게 대화하는지를 더 주의 깊게 본다. 그녀의 현실보다 그녀가 꿈꾸고 있는 미래를 더 주의 깊게 본다. 그렇기 때문에 필자는 그녀가 괜찮은 여자인지 아닌지를 판단할 수 있다. 필자는 괜찮은 사람과 사귈 수 있는 것이다.

"그 사람, 괜찮은 남자 같지 않니?"
이 질문은 주변 사람들이 아닌 자신에게 해야 하며
자신만이 대답해줄 수 있다.
그렇지 않으면 배우자에 대한 확신도 없어 점집을 돌아다닌다.

첫 데이트가 마지막 데이트다

남자는 '처음'을 중요하게 여긴다. 처음이 아니라면 끝일지도 모른다. 그래서 여자는 첫 데이트에서 승부를 걸어야 하지만 그저 수동적으로 데이트에 임하는 경우가 대부분이다.

그렇다면 필자에게 인상적이었던 첫 데이트 상대방의 모습을 교훈 삼아 당신도 기억에 남는 첫 데이트 상대방이 되어 보자.

- 그녀는 (필자의) '조건'보다 '필자'에 대해 궁금한 것이 많았다. 그래서 필자는 시간이 가는 줄 모르고 많은 이야기를 나눴다.
- 주말이라 줄을 서서 커피를 주문해야 했다. 잠시 후, 그녀가 다가와 "줄이 길어서 기다리기 지루하시죠. 제가 같이 기다려 드릴게요."라고 말하는 것이 아닌가! 만약 당신이 남자라면 어떤 기분이 들겠는가?
- "미용실에 다녀오느라 살짝 늦었어요. 헤어와 메이크업 받느라…."

그녀는 꾸미는 일에 서툴러서 필자를 만나기 전에 미용실에 다녀왔다고 했다. 필자는 첫 데이트보다 더 감동했다.

- 필자가 커피를 샀고 그녀가 저녁을 샀다. 저녁은 남자가 사는 것이 익숙한 풍경인데 이 순서만 바꿔도 색다른 첫 데이트가 될 수 있다.
- 그녀가 차로 필자를 데리러 왔고, 끝날 때에는 데려다줬다. 남녀의 역할이 바뀌면 데이트의 구성도 달라진다.
- "기다리면서 서점에 잠깐 들렀는데 같은 책으로 한 권 더 샀어요." 필자는 그녀에게 관대해지고 있다는 것을 분명히 느낄 수 있었다.
- 그녀가 첫 데이트 장소를 지정했다. 그 이유는 가장 좋은 자리로 식사 예약을 해뒀기 때문이었다. 그녀의 능동적인 태도가 필자의 마음을 수동적으로 만들었다.

반대로 첫 데이트에서 받은 부정적인 인상도 있다.

- 이상한 털모자를 쓰고 나왔다.
- 전혀 꾸미지 않고 나왔다.
- 약속 시간에 30분 이상 늦었다.
- 차비만 들고 나왔다.
- 사전에 양해를 구하지 않고 친구와 함께 나왔다.
- 팬티가 보이는 짧은 치마를 입고 나왔다.
- 낯을 가리는 성격이라면서 묵념만 하고 있었다.
- 뭐든지 비싼 것만 주문했다.

첫 데이트에서 두 번째 데이트로 이어지기 위해서는 적어도 다음 중 하나 이상 충족되어야 한다.

1. 외모

2. 전반적인 이미지(표정, 말투, 스타일 등)

3. 데이트 비용에 대한 압박감 탈피

4. 거절당하지 않을 가능성

5. 그(남자)가 중요하게 여기는 부분

처음부터 '마음씨'라고 생각하는가? 우선은 눈에 보이는 것부터 잡아야 마음을 보여줄 기회를 확보할 수 있다. 첫 데이트에서는 내면을 평가하지 않는다.

연애는 논리가 아니라 기운이다. 그래서 아무리 논리적으로 첫 데이트를 해도 기운이 끌리지 않는다면 소용없다. 여기서 말하는 '기운'이란, 지금까지 보낸 시간의 의미가 축적된 질량의 합이다. 결국 지금까지 살아온 과정이 첫 데이트 성공의 중심이다.

여유 있는 여자

연애할 때 여유 없는 사람이 많다. 몇 분의 여유도 없어 이런저런 핑계를 대며 사랑하는 사람의 마음을 아프게 하거나 서운하게 만든다. 하지만 그럴수록 남자는 지치거나 자기 비하에 빠진다. 여유를 망각하고 있기 때문에 여유가 없는 것인지도 모른다.

- 아무리 바빠도 문자 메시지 하나 보낼 여유는 있다.
- 여러 사람들과 어울리고 있어도, 화장실 갈 때 잠깐 전화를 걸 여유는 있다.
- 약속 시간에 15분 일찍 도착할 여유는 있다.
- 그(남자)가 추천해준 책을 읽어볼 여유는 있다.
- 상대방에게 받은 선물을 언급할 여유는 있다.
- 문자를 보낼 때 좀 더 예쁜 단어를 선별할 여유는 있다.
- 비록 잠이 오더라도 5분 정도 통화할 여유는 있다.

- 화가 났을 때 5분 정도 마음을 진정시킬 여유는 있다.
- "3일 동안 생각할 시간을 주실래요?" 그 3일 동안 기다릴 여유는 있다.
- 함께 기다리는 버스 정류장에서 버스 몇 대쯤은 그냥 보낼 여유는 있다.
- 30분 정도 문자 메시지의 답장을 기다릴 여유는 있다.

상대방은 사랑의 시계로 시간을 잰다. 그래서 시간이 없다는 당신의 핑계를 납득할 수 없고 서운하게 생각한다.

언제 우리의 삶이 그렇게 바빴던가? 그게 아니라면 언제까지 사랑이 변치 않고 당신을 기다려줄 것이라고 맹신하는가?

사랑은 방치해두면 결국 시들고 마는 꽃과 같다. 조금의 관심과 여유만으로도 행복해지는 그 사람을 떠올려 보라. 어쩌면 그에게 가장 필요한 것은 당신의 관심과 여유일지도 모른다. 그래도 반성하지 못한다면 당신의 꽃은 죽는다.

사랑할 시간이 없으면 차라리 혼자 지내라.
연인 사이의 당연한 예의조차 시간이 없다고 무시해서는 안 된다.
괜히 상대방만 이상한 사람이 되고 만다.
그 사람은 당신이 아니었다면 분명 많은 사랑을 받을 것이다.

39

당신을 만나는 **진짜 목적**

남자가 여자를 만나는 다양한 목적에 대해 여자는 알아야 한다. 그래야 남자가 변한 것이 아니라 원래부터 그랬다는 것을 이해할 수 있다. 남자는 여자에게는 철저히 숨기지만 친구들에게는 다음과 같이 만남의 목적을 털어놓는다.

"나는 몸매만 좋으면 상관없어. 어차피 섹스밖에 기대할 게 없거든. 적당히 만나다 헤어지면 그뿐이야."

이런 남자는 사귀자는 고백 없이 되도록 빨리 스킨십을 시도한다. 아쉬움도 미련도 없기 때문에 몇 번만 거절하면 쉽게 포기하고 함께 즐길 수 있는 다른 상대방을 물색한다.

아무리 바람둥이라도 정말 좋아하는 여자 앞에서는 조심스럽다는 사실을 명심해야 한다.

"나이 많아서 누리는 혜택이 많아. 주름은 자글자글하지만 편하거든."

남자들이 연상의 여자에게 품는 환상은 철저히 계산 지배적이다. '돈을 잘 쓴다.', '섹스를 잘 한다.', '배려해준다.', '자신의 주제를 안다.' 등으로 여긴다.

"어리잖아. 어리다는 이점이 있으니까 만나는 거야. 그것도 능력이지."

단지 어린 여자와의 만남 자체를 훈장처럼 여기는 남자가 있다. 과시용으로 만나는 것이다. 이런 남자는 가급적 진지한 이야기는 하지 않으며 먹고 마시고 자는 패턴을 반복할 뿐이다.

"더 괜찮은 여자가 생길 때까지만 만날 거야."

욕망의 수단으로 만남을 이어간다. 보험용으로 여기는 것이다. 이런 남자는 데이트의 패턴 자체가 무미건조하다. 잘 보일 이유가 없기 때문에 자기 위주로만 행동한다. 만약 혼자 살면 원룸에서만 데이트를 한다. 돈도 거의 쓰지 않는다. 방바닥만 긁을 뿐이다.

"못생겨도 집이 잘 살잖아. 그리고 외동딸이래."

동경심과 호기심, 기대 심리 때문에 비위를 맞춘다. 처음에는 애써 노력하나 실질적인 이익이 발생하지 않으면 바로 떠난다.

"다 너희들을 위해서야. 건수를 만들기 위해 걸쳐두는 거야."

친구들을 위해 자신이 희생한다는 자세로 연애하는 남자도 있다. 가급적 둘만 만나는 것은 자제하고 다른 사람과 함께 만나려고 한다.

그리고 간간히 문자를 주고받을 뿐이다.

　여자들이 가장 헷갈리는 유형은 데이트도 하고 연락도 하는데 사귀려고 하지 않는 남자다. 이런 남자는 남자보다 여자와 노는 것을 더 좋아한다. 여성적 취향을 즐기는 것이다. 애인이 아니어도 여자와 함께 보내는 시간이 즐겁기 때문에 당신과 그런 관계를 유지하고 있다.

　필자가 그들에게 왜 여자를 그렇게 대하는지 묻자 한 목소리로 입을 모은다.

　"그럴 만한 여자라서 그렇게 대한 것뿐이야."

　결국 남자의 목적은 그녀의 가치에 따라 달라진다는 말이다.

당신을 갖고 놀기 위해서 사귄 것이 아니라 사귀다 보니 갖고 놀다 버릴 수밖에 없었는지도 모른다.

40

"넌 뭘 해도 다 예뻐."
과연 정말 그럴까?

"넌 화장 안 해도 괜찮아.", "그냥 편하게 입고 나와!", "넌 뭘 해도 다 예뻐." 등의 말을 그대로 믿었다면 당신은 속은 것이다. 남자가 여자에게 할 수 있는 가장 무책임한 말이기 때문이다. 예를 들어, 남자가 괜찮다고 해서 화장도 안 하고 옷도 대충 입고 나갔다. 그러나 남자는 시각적으로 반응하는 존재다. 분명히 대충하고 나온 당신을 예쁘게 꾸민 다른 여자와 비교할 것이다. 큰 그림자는 작은 그림자를 삼키기 때문이다. 사실 남자가 앞의 말을 하는 속마음은 다음과 같다.

- 너무 예쁘게 하고 다니면 다른 남자가 붙을 것 같아 불안하다.
- 꾸미고 나오는 데 시간이 많이 걸릴 것이다.
- 어차피 멀리 나가지 않고 어디에(?) 들어가 있을 테니까….
- 나도 꾸며야 하는데 사실 귀찮아서….
- 자신을 꾸민 기분만큼 괜찮은 곳으로 가자고 할 것 같아서….

남자는 여자가 사랑스럽게 보여서 그렇게 말한 것이 아니라 이기적인 계산을 했던 것이다. 긴장을 늦춰도 된다는 남자의 말만 믿고 정말 긴장을 늦췄다가는 결국 그런 당신이 식상하게 보여 떠날 수도 있다. 실제로 사귈 때는 긴장을 늦추지 마라. 긴장을 풀면 그 시간 동안 도태될 수밖에 없기 때문이다.

우리는 어느 한 개인에게 잘 보여 만족할 수 있는 그런 존재가 아니다. 스스로가 자신에 대해 만족할 수 있도록 자신과 치열한 시간을 보내야 한다. 사랑 때문에 자기 자신을 잃어버리는 이유도 마찬가지다. 그 남자 때문에 자신을 놓아 버렸기 때문이다. 약속할 수 없는 그 남자의 감정에 기대어 쉬려고 하지 마라. 약속 시간에 조금 늦더라도 최선의 모습을 보여주는 편이 차라리 더 낫다.

"오늘은 또 어떤 모습일까?"

자신에게 늘 최선을 다하는 그녀였기에 반복되는 데이트 코스 안에서도 매번 기다려졌고 설레였다. 필자도 준비를 더욱 많이 했고 데이트는 갈수록 풍요로워졌다. 사귀는 동안 서로에게 자극을 주면서 성장할 수 있었다. 그 성장의 추억들이 관계를 더욱 굳건하게 만들어줬고 헤어져도 그 시간이 아깝지 않았다. 그리고 필자는 아직도 그녀를 기억한다.

> 남자는 자신이 감당할 수 있는 테두리 안에 여자를 가둬둔다.
> 그렇게 해놓고는 넌 그것밖에 안 되는 여자라며 결국 떠난다.

41

남자는 뻔한 **거짓말**로 여자를 **속인다**

그는 여자들 앞에서 망설이지 않고 자신의 직업을 속였다. 흰색 가운만 입으면 의사가 됐다. 아마 여자들에게 잘 보일 목적으로 그런 거짓말을 한 것이다. 하지만 여자들은 모두 그의 말을 믿었다.

혹시 당신도 순진하게 다음과 같은 남자의 거짓말을 믿고 있는 것은 아닌가?

"제 연봉은 5,000입니다."

연봉은 대략 30% 정도 뻥튀기가 된다.

"바빠서 연락할 시간이 없었어."

연락할 마음이 없어서다. 연락할 마음만 있으면 어떤 상황에서도 연락할 수 있다. 여자들이 알면서도 속는 남자들의 대표적인 거짓말이다.

"제 취미는 운동입니다."

앞으로 운동할 계획만 있어도 운동이 취미가 된다.

"맛집 하면 제가 모르는 곳이 없어요."

큰 기대는 하지 마라. 괜히 거기까지 가느라 고생만 한다.

"저는 절대로 바람을 피우지 않아요."

다만 가능성이 있을 뿐이죠.

"너를 위해서 담배를 끊을게."

그런 남자를 수없이 봤는데 거의 대부분 숨어서 몰래 피우다 걸리거나 다시 대놓고 피우더라.

"내가 다음에 사줄게."

남자에게 '다음에'란 현재의 상황에서 벗어나기 위한 대피소다.

"네 사진, 내 휴대전화 메인 화면으로 설정할 거야."

"아니, 차라리 카카오톡 프로필 화면으로 설정해줄래?"

그러면 바로 탄로가 난다.

"너랑 꼭 결혼해야지."

결혼에 대한 구체적인 계획이 하나도 제시되지 않는다면 뜬구름 잡는 소리일 뿐이다.

"누가 한눈을 팔았다고 그래?"

끝까지 우기기 때문에 물증이 부족하면 그냥 넘어가자.

사실 남자의 거짓말보다 더 치명타는 그 거짓말을 부풀려 해석하는 여자의 상상력에 있다. 그렇게 해서 만들어진 환상이 남자의 거짓말보다 더욱 위험하다. 더 큰 실망을 하기 때문이다.

처한 상황을 해결하기 위해 누구나 어느 정도의 거짓말은 하고 또한 알면서도 속아준다. 다만 그런 것을 알면서도 근거 없이 믿거나 섣불리 자신의 모든 걸 건다면 어리석은 행동이다. 그런데 의외로 속아서 결혼까지 하는 여자가 많다. 남자에게? 아니 자기 자신에게!

남자가 하는 뻔한 거짓말들은 여자가 믿고 싶어 하는 말들이다. 그래서 여자는 거짓말인 줄 알면서도 믿는 경우가 많다.

친구 없는 게 뭐 어때서

사람들은 인맥을 능력으로 여긴다. 아는 사람이 많을수록 높이 평가한다. 그래서 친구가 별로 없으면 문제 있는 사람으로 취급한다. 그렇지만 과연 인맥이 사람을 평가할 수 있는 근거가 될 수 있을까?

진정한 친구는 없다

사람들의 시선이 아닌 '내'게 진정한 친구를 말한다. 지금까지 아무리 우정을 보여줬다고 해도 지금 당장 내게 필요한 10만 원을 빌려주지 않는다면 진정한 친구가 아닐지도 모른다. 인간의 이기심 앞에 우정은 허점투성이다.

친구가 많은 내 남자친구

주체성이 없는 사람은 어울리고 떠들어야 시간을 보낼 수 있다. 그래서 친구들과 함께 먹고 마시지 않으면 혼자서는 아무것도 할 수 없다.

어울림은 자기 부정을 내포한다. 지나치게 어울리기를 좋아하는 사람은 뚜렷한 자아가 없다. 친구들과 함께 있는 그(남자)가 한심해 보이는 이유도 이 때문이다.

모든 사람들과 친해질 수는 없다

내가 아무리 잘해줘도 친해질 수 없는 사람들이 있다. 그냥 내가 싫은 것이다.

모든 사람들과 친해지려는 욕심을 버려라. 진솔한 이야기를 나눌 수 있는 동료 한 명만 있어도 마음의 위안을 얻는다.

격차가 클수록 오래 간다

친구가 나보다 훨씬 예쁘면 동경하게 된다. 하지만 나와 비슷하거나 살짝 나아 보이면 질투하게 된다. 고등학교 때까지 친하게 지내다 갑자기 변한 이유는 어느 한 명의 상황이 나보다 월등히 나아졌기 때문이다. 이는 상황이 우정을 쌓아 나감을 의미한다.

한 명이라도 제대로 된 친구와 사귀자

'얼마나 많은 친구와 사귀는가?'보다 '어떤 친구와 사귀는가?'가 더 중요하다. 그저 무료함을 달래기 위한 친구는 그 수가 아무리 많아도 무의미하다. 함께 시간을 보내며 외로움을 달랠 수는 있겠지만 성장하기 힘들기 때문이다.

나와 교집합이 많고 그 안에서 의미 있는 즐거움을 공유할 수 있는 친구라면 단 한 명이라도 세상을 나눌 수 있다.

물론 인간관계는 중요하다. 인간은 사회성을 갖고 더불어 살아가야한다. 하지만 사교에 서툴다고 해서 지나치게 자책할 필요는 없다. 그건 내 성격이 이상해서도, 내 능력이 부족해서도 아니다. 단지 대중적이지 못한 나의 솔직한 취향과 어울리는 사람을 쉽게 만날 수 없었기 때문일 뿐이다. 나를 온전히 지켜내기 위해서 차라리 고독을 선택했던 것이다.

어쩌면 우리는 우정이 아니라
자신의 외로움을 나눠주고 싶었는지도 모른다.

여자는 **어떻게 돈을** 써야 할까?

남자들이 더치페이를 주장하는 이유는 단순히 돈 때문이 아니다. 여자보다 돈을 더 많이 써서가 아니라 다음과 같은 속사정 때문이다.

- 돈을 썼지만 유혹에 실패할지도 모른다는 두려움.
- 공을 들인 만큼 가치 있는 여자가 아닐지도 모른다는 불안감.
- 이 돈을 좀 더 가능성 높은 여자에게 쓸 수도 있었다는 아쉬움.
- 돈을 쓴 만큼 진행되지 않는 것에 대한 불만.
- 돈만 쓰고 다른 남자에게 빼앗길지도 모른다는 불신.
- 사랑 앞에서 여자보다 더 계산적인 남자의 습성.

대부분 연애 초반에는 남자가 여자를 쫓아다니는 것부터 시작한다. 결국 아쉬운 쪽은 남자라서 먼저 데이트를 신청한 만큼 여자보다 많은 돈을 쓴다.

사실 여자는 몇 번 만나다가 연락을 끊으면 그만이다. 금전적인 손실이 남자보다 적다. 반면 남자는 돈만 쓰다가 결국 유혹에 실패한 경험이 많을수록 돈에 더욱 예민하게 반응한다. 돈이 없으면 가능성 있는 연애를 포기해야 할지도 모르기 때문이다.

그(남자)가 마음에 든다면 더치페이를 하지 않더라도 최소한의 감정은 표현할 줄 알아야 한다. 그가 밥값을 계산했을 때 정말 맛있게 잘 먹었다는 의사만 표현해도 그는 만족한다. 커피 값 정도는 대신 계산해줘도 차비만 들고 오는 여자보다 차별화될 수 있다.

여자가 진심을 남자의 대우로 평가하듯 남자도 마찬가지다. 남자는 자신이 마음에 들면 무조건 얻어먹지는 않을 것이라고 생각한다.

필자는 '더치페이=배려'라고 생각한다. 아직 서로의 상황을 잘 모르기 때문에 부담을 주지 않기 위해서 더치페이를 하는 것이다. 친해지면 서로의 상황에 맞게 돈을 쓰면 된다.

그는 참 괜찮은 남자였는데 한 여자를 잘못 만나 돈만 쓰다가 결국 편한 오빠와 동생 사이가 된 과거가 있는지 모른다. 그래서 더치페이를 제안했는지도 모른다. 돈 때문만은 아니었던 것이다.

더치페이를 안 해도 된다. 그저 당신은 그런 여자가 아니라는 것만 보여주면 된다.

> 남자는 여자가 돈이 없다고 여자를 버리지 않는다.
> 다만 아무리 돈을 많이 써도 자신을 알아주지 않기 때문에
> 떠나는 것이다. 그 돈을 모으느라 그동안 홀로 외롭고 고독했으니까.

44

연락하고 싶은 여자가 되는 비밀

'몇 번 연락 오더니 이제 안 오네. 그 사이에 마음이 식었나?'

그 사이에 식을 마음은 없었다. 몇 번의 통화만으로 나를 짐작했기 때문이다.

남자는 통화하면서 여자를 예상한다. 그래야 만나기 전에 판단해서 비용을 줄일 수 있다. 남자는 어떤 식으로 여자를 짐작할까?

- 전화를 걸었는데 받지 않는다. → '부재 중 전화'를 확인해도 전화 하지 않는다. → 개념이 없는 여자다. → 자존심이 상한다. → 이제 연락하지 말아야지.
- "네.", "아니요." → 처음이라 어색해서 단답형으로 대답한다. → 자 신과 통화하기 싫은 것으로 간주한다.
- 주변에서 남자 목소리가 들린다. → 남자와 있는지 묻고 싶지만 집 착인 것 같아 참는다. → 잠이 오지 않는다. → 자꾸 전화하게 된다.

- "잠깐만요. 전화가 와서 다시 연락드릴게요." → 내가 먼저 전화를 걸었는데…. → 왜 다시 연락이 오지 않지? → 깜빡했다고! → 이건 나를 무시하는 증거가 분명해.
- "지금 식사 중이라서….", "지금 친구들이랑 함께 있어서….", "지금 일하는 중이라서…." → 그런 다음, 연락이 없다. → 일부러 나를 피하는 것이 틀림없어.

그렇다고 통화에 큰 부담을 느낄 필요는 없다.

- "여보세요? 네, ○○ 씨." → 밝고 상냥한 말투.
- "응, 내가 다시 전화할게. 조금만 기다려." → 조금 있다 다시 전화하는 신뢰.
- "지금 △△에서 □□와 함께 있어." → 친절한 상황 설명.

통화할 때, 여자는 이 3가지만 제대로 지켜도 '통화해보니까 참 괜찮은 여자인 것 같다.'라는 인상을 심어줄 수 있다. 반겨만 줘도 남자가 말을 많이 할 테니 통화 시간도 금방 간다. 나와의 통화가 즐거운 시간이 되는 것이다.

목소리만 듣고도 만나고 싶은 여자가 있다.
목소리가 예뻐서가 아니라
나를 반겨주는 목소리이기 때문이다.

45

남자는 문자를 보낼 때
표정을 숨기지 않는다

문자 메시지는 조작하기 쉽다. 아무리 슬퍼도 '^^'만 붙이면 금방 기쁨이 된다. 보내고 싶은 문자의 내용에 따라 진심과 상관없이 감정을 수정할 수 있다. 그래서 상대방의 본심을 간파하기 어렵다. 남자끼리는 쉽게 알지만 여자라서 잘 모르는 문자에 대해 알아보자

- '뭐해요?' → 전화를 직접 하지 않고 이렇게 보내는 의도는 '나 오늘 한가해요.', '혹시 시간되세요?', '왜 연락이 없어요?', '먼저 답장 오는 사람과 놀아야지.', '반응에 따라 만나자고 할지 말지를 결정하자.' 등 무려 5가지나 된다.
- '점심 맛있게 먹어요.' → 점심시간을 틈타 전화가 하고 싶다는 신호다.
- 'ㅜㅜ' → 남자는 눈물 표시를 미안할 때와 억울할 때 사용한다.
- 남자는 문자를 무시한 것이 아니라 좀 있다가 전화하기 위해서 답장을 보류할 때가 많다. 하지만 여자는 이 사실을 몰라서 오해하고

추궁한다.

- '○○' → 무성의하게 대답할 때나 바쁘다는 평계로 사용된다. '담에 한번 봐야죠?', '밥은 먹었어?'라는 문자에 '○○'만 보냈다면 더 이상 답장은 보내지 마라. 궁금하면 먼저 연락이 오게 되어 있다.
- 'ㅋㅋㅋ' → 진지하면 상대방에게 부담을 줄 것 같아 말의 무게감을 덜기 위해서 사용한다. 나중에 발뺌할 수 있는 비상구로도 사용한다.
- '오늘도 즐거운 하루 보내세요.' → 나에게 연락하는 것을 두려워하고 있다. 그래서 일상적인 안부로 거리감을 유지하고 있는 것이다.

누구나 좋아하는 사람이 생기면 전화기에 집중한다. '혹시 전화가 오지 않았을까?', '놓친 문자 메시지가 없을까?'라는 생각에 확인하고 또 확인한다. 문자 메시지를 작성할 때에는 단어 하나에도 심혈을 기울이고, 어울리는 이모티콘을 찾느라 분주하다. 오타가 없는지 다시 한 번 확인하고, 문자를 보내고 나면 답장을 기다린다.

이는 성별, 성격과는 상관없이 사람이라면 누구나 좋아하는 사람에게 보이는 기본적인 태도다. 만약 이런 기본이 지켜지지 않는다면 명백하게 애정이 없다고 볼 수 있다. 너무 어렵게 생각하지 말고 간단하게 생각하자. 그는 나를 좋아하지 않는 것이다.

남자는 애정이 식으면
전화보다 문자부터 귀찮게 생각한다.

46

남자를 다루는
카카오톡의 **묘수**

남자가 카카오톡에서 쓰는 언어는 여자가 볼 때 아리송하다. 속마음이 들킬 것 같아 묻기도 망설여진다. 그렇다면 남자가 카카오톡에 쓰는 언어 판독법과 대응책에 대해 알아보자.

많이 아파? 네가 아프니까 아무것도 손에 안 잡혀.

- YES(남자가 좋을 때): 그래도 네가 있으니깐 괜찮아.

- NO(남자가 싫을 때): 약 먹고 쉬면 괜찮아.

  → 아무것도 손에 안 잡힌다는 말은 빨리 만나고 싶다는 뜻이다.

나의 첫사랑과 닮았어.

- YES: 피! 내가 더 예쁜 게 아니고!

- NO: 내가 좀 흔하게 생겼지. ㅎㅎㅎ.

  → 고리타분한 남자들의 작업 문자일 뿐이니 신경 끄자.

너 같은 여자 없을까? 외롭다.

- YES: 너 같은 남자 없을까? 나도 외로워.
- NO: 인간은 다 외로워.
  → 간접적인 고백이라면 여지를 남겨둬서 남자가 먼저 고백하
   도록 하자.

보고 싶다. 보고 싶다. 보고 싶다.

- YES: 지금 어디야? 나도 너무 보고 싶어.
- NO: 술 먹었니? 얼른 들어가라.
  → 남자는 여자의 호응을 이끌어내기 위해서 보고 싶다고 한다.
   관심이 있다면 호응해주자.

오빠가 남자로서의 매력이 없니?

- YES: 오빠를 안 시간이 얼마 안 됐는데, 어떻게 알아요? 지금부터
   조금씩 알아 가면 되죠.
- NO: 좋아하는 사람 생기셨어요? 그녀가 오빠 보고 매력이 없다
   고 하나요?
  → 넘어갈 듯하면서 넘어가지 않는 여자의 의중을 떠보기 위해
   하는 말이다.

내일 같이 밥 먹을까?, ○○에 디저트가 맛있는데 먹으러 가자.

- YES: 나도 그 디저트 먹고 싶었는데!
- NO: 요즘 속이 좀 안 좋아요.

→ 식욕을 자극해 데이트를 신청하는 고전적인 전략을 사용하고
있다.

지금 ○○야. 너랑 같이 왔으면 좋을 뻔했다.

- YES: 다음에는 꼭 데리고 가.
- NO: 빨리 여자친구 만들어서 데리고 가.

→ 다른 여자와 함께 가놓고 이런 말 할 가능성이 높으니 경계할
필요가 있다.

나는 정말 괜찮아.

- YES: 아닌 것 같은데…. 정말 괜찮은 거야?
- NO: 그래.

→ 사실 남자가 여자보다 더 아닌 척을 잘 한다. 끝까지 아니라고
우기지만 시간이 지난 후 사실은 그랬다고 뒤통수친다.

지금 나올 수 있어? (밤 11시 이후)

- YES: 어디예요? 누구랑 있어요?
- NO: (무시한다.)

→ 일시적인 욕망에 빠진 상태다. 욕망이 해결되면 더 이상 나를
찾지 않는다. 만일 반응하면 거짓으로 사랑까지 맹세하며 집
요하게 불러낸다.

만약 자신감 없는 여자는 남자의 그 어떤 문자에도 예민하게 굴게

된다. 왜냐하면 부정적인 관점으로 모든 글을 해석하기 때문이다. 그래서 자신감 없는 여자는 멀쩡한 남자도 바람둥이, 거짓말쟁이, 사기꾼으로 만들어 버린다.

거절의 문자보다 망설이느라 늦게 보낸 문자가
남자에게는 더 치명적이다.

47 그의 과거를 유추하는 기술

사랑이 절정일 때 여자는 남자의 과거를 의심한다. 원래부터 이런 남자인지, 나에게만 이런 남자인지 궁금한 것이다. 나한테 너무 잘해 줘도 바람둥이의 습성 같아 과거를 추궁하고 싶어진다.

하지만 물어봤자 소용없다. 아니라고 하면 더 이상 알 수가 없기 때문이다. 과거는 확인이 불가능하다. 그렇다면 여자가 남자의 과거를 알 수 있는 방법은 없을까?

"나쁜 사람은 아닙니다."

과연 이 말의 앞에 어떤 말이 있을까?

"단지 여자를 자주 바꿔서 그렇지, 나쁜 사람은 아닙니다."

"단지 성격이 더러워서 그렇지, 나쁜 사람은 아닙니다."

"단지 놀고먹는 백수라서 그렇지, 나쁜 사람은 아닙니다."

그러니까 이런 말하는 남자를 섣불리 믿지 마라.

뜬금없는 칭찬

나와 상관없는 칭찬을 남발한다면 여자에게 잘 보이기 위해서 과거에 외워둔 칭찬을 사용하는 것이다. 여자는 이런 남자를 경계하지만 사실 자연스럽게 칭찬할 타이밍을 잡는 남자의 과거가 더 화려했을 수 있다. 그런 타이밍은 여자를 대하는 여유에서 찾을 수 있기 때문이다.

더치페이에 집착한다

그렇다면 과거에 누군가와의 연애나 유혹에서 실패한 경험이 많은 남자다. 성공한 남자는 자신이 쓴 돈을 아까워하지 않는다. 여자가 더 많은 돈을 쓰게 될 수도 있기 때문이다.

"처음이야."

정말 처음이면 그 상황에 몰입한 나머지 처음이라고 말할 여유도 없다. 사태를 관망하기 때문에 '처음'이라고 말할 수 있는 여유를 부리는 것이다.

친절한 매너

친절한 매너는 몸에 익었을 때 나온다. 많은 여자를 만난 남자보다 한 여자를 오래 만난 남자가 매너 있다. 오랫동안 한 여자를 배려했기 때문에 몸에 익은 습관이 된 것이다.

능수능란한 스킨십

스킨십의 기교는 여자의 수와 비례하지 않는다. 한 여자와의 친밀함 속에서 현란해진 기술일 가능성이 높기 때문이다.

남자의 과거는 사랑이 아니라 미안함으로 남아 있는 경우가 많다.
그래서 여자는 남자의 과거에 대해 크게 걱정할 필요가 없다.
단지 그때의 이기적이었던 자신이 후회스럽고,
그녀에게 미안해서 추억하는 것뿐이다.

48
약한 남자에게 이용당한다

여자는 남자의 강압에 순종하는 것이 아니라 약한 척에 순종한다. 이러한 사실을 알고 있는 남자는 교활하게 약한 척을 하며 여자를 굴복시킨다.

"자꾸 나한테 그러지마! 나 지금 아프단 말야!", "요즘 회사 일이 너무 힘들어. 오늘은 그냥 쉬자.", "그래, 난 많이 부족한 남자인 것 같아."라면서 약하게 굴면 여자는 마음이 약해져서 결국 그의 의도대로 움직이게 된다. 이런 남자들은 항상 사랑보다 자신의 상황을 더 우선적으로 여긴다. 즉, 그녀의 정당한 권리조차 자신의 상황과 어울리지 않는 사랑 타령으로 치부해 버린다.

"너는 아직 철이 없는 여자구나! 내가 지금 이런 상황인데도 넌 사랑 타령이나 하고 있고…."

그 남자의 과장된 악조건을 받아주지 못하면 철없고 생각이 어린 여자가 될 수밖에 없는 논리 앞에서 순순히 무너진다. 이뿐만 아니라 헤어질 때조차 약자의 입장을 들먹이며 여자를 무기력하게 만든다.

"지금 내 입장에서 사랑은 사치에 불과해. 난 너를 위해서 아무것도 해줄 게 없어. 넌 나보다 더 좋은 남자를 만나서 행복해야 해."

남자는 이런 식으로 마음이 여리고 약한 여자의 약점을 이용해 자신의 의도대로 순종하게 만든다. 그렇지 않아도 사랑하는 사람 앞에서는 마음이 약해지는데 힘든 모습까지 보이니 당연히 더 약해지기 마련이다. 하지만 그렇다고 마음에도 없는 복종을 해서는 안 된다. 그 남자가 아무리 약하고 보듬어주고 싶어도 아닌 것은 아니다.

몇 번은 넘어가 주지만 습관이 되면 계속 복종할 수밖에 없게 된다. 그때에는 벗어나려고 해도 벗어날 수 없다. 남자는 "이제 너의 사랑이 식었구나."라면서 극단의 방책인 사랑을 걸고 넘어지기 때문이다.

남자가 약하게 굴면 여자는 "자기는 강해서 이런 상황에서는 흔들리지 않을 거야.", "그 정도는 남자에게 아무것도 아니지?", "난 자기를 믿어."라고 하면서 강화시키고 한 번쯤 따뜻하게 보듬어주면 된다.

간혹 잘난 여자가 너무나 터무니없는 남자와 사랑에 빠진 모습을 본다. 그 남자를 구원하는 것을 사랑보다 더 숭고하게 여기기 때문이다. 그러나 그럴수록 그 남자는 더욱 약한 척을 하며 빌붙게 되고, 결국 이용당하다 버려질지도 모른다.

> 남자는 약한 척을 하면서 여자를 필요한 존재로 만든다.
> 여자는 거기서 자신의 가치를 찾는다.
> 이 미묘한 궁합이 여자의 인생을 망친다.

남자친구의 **친구들을** 다루는 **센스**

남자친구가 생기면 반드시 그의 친구들도 같이 만나게 된다. 이때 지켜야 할 기본원칙은 2가지다.

첫째, 연애 초반에는 남자친구를 더 챙겨야 한다. 남자친구의 친구들이라서 잘해줬는데 오히려 남자를 다루는 끼로 해석할 수 있기 때문이다. 아직 서로에 대한 믿음이 확고하지 않은 상태여서 갖가지 오해를 낳을 수 있다.

둘째, 연애 후반에는 남자친구의 친구들을 더 챙겨야 한다. 연애 초반에는 괜찮은지, 안 괜찮은지를 테스트하기 위해서 친구들을 부르지만 연애 후반에는 앞으로 계속 만날지, 안 만날지를 테스트하기 위해서 친구들을 부르기 때문이다.

본격적으로 사귀기 전에 친구들을 소개해주는 남자가 있다. 이것을 긍정적인 신호로 해석하는 여자들이 많은데 남자의 숨겨진 속마음은 다음과 같다.

- 확신이 서지 않아 친구들의 검열을 받기 위해서다.
- 자신을 친구들의 입을 통해 과시하기 위해서다. "내가 화장실에 간 사이에 은근슬쩍 내 자랑을 해줘."
- 만일 괜찮은 친구와 함께 나오라고 한다면 간접 소개팅이 목적일 수 있다.

여자들이 자신의 친구들을 남자에게 소개해줄 때 그 외의 목적이 있듯이 남자들도 마찬가지다. 나름대로의 목적을 달성하기 위해 친구들을 부른 것이다. 그렇다면 여자는 남자친구의 친구들을 만났을 때 어떻게 대처해야 할까?

- 여자가 중간에 서서 남자 둘의 팔짱을 끼는 것은 위험하다. 겉으로는 웃고 있지만 속으로는 헤픈 여자라고 생각할지도 모른다. 절대로 스킨십만은 피해야 한다.
- 낯을 가리는 성격이라도 아무 말이 없거나 남자친구와 단 둘이서만 이야기해서는 안 된다. 별로 궁금하지 않더라도 적당히 질문하면서 대화를 주고받을 수 있어야 한다.
- 다 오빠들이라면 그 앞에서 섣불리 지갑을 열지 마라. 오빠라는 권위의식에 젖어 있는 남자가 많다. 자신을 무시하는 처사라고 생각할지도 모른다.

여자들은 모르겠지만 서로 사귄 지 오래되지 않았다면 친구들은 반드시 당신의 남자친구에게 묻는다.

"진지하게 사귀는 거야?"

만약 그렇게 생각하지 않는다면 그들은 그녀의 외모를 안주 삼아 맘껏 떠들게 되는데 거의 음담패설 수준이다.

"둘이 너무 잘 어울려요!"

"지금까지 봤던 여자친구 중에 제일 괜찮아요!"

따라서 남자친구의 친구들이 당신을 앞에 두고 하는 이런 말들을 모두 다 믿어서는 안 된다.

그 남자의 진심을 알 수 있는 방법은 없을까? 그것은 생각보다 간단하다. 그 남자가 친구들에게 당신을 만난 시점부터 지금까지의 상황을 얼마나 상세히 설명했는가를 보면 된다. 그리고 친구들에게 끊임없이 당신 자랑을 늘어놓는다면 당신을 진심으로 대하는 것이다.

그 남자의 친구들은 이미 알고 있다.
남자가 당신을 어떻게 생각하는지····
그래서 그에 합당한 대우만을 해준다.
친구들이 당신을 대해주는 태도가 곧 그 남자의 진정성이다.
친구들의 성격과는 무관하다.

Tip

남자를 자세히 알 수 있는 **10가지 법칙**

1. 장소를 자주 옮기는 남자는 자신의 존재 자체를 즐기지 못하고 흥미 있는 행위의 즐거움을 추구하는 성격을 갖고 있다. 이런 남자의 곁에 있는 여자는 항상 외롭다.

2. 여자들 대부분은 남자를 잘 몰라서가 아니라 자신을 잘 몰라서 연애에 실패한다.

3. 남자들 대부분은 만나면 바로 자신의 멍청한 구석까지 드러낸다. 남자는 여자보다 질투심이 없어서 있는 그대로 자신을 드러낸다.

4. 남자는 감정의 확신이 섰을 때 여자에게 되묻지 않는다. "넌 날 좋아해?"

5. 남자는 여자와 함께 술을 마셨기 때문에 스킨십을 원하는 것이 아니라 스킨십을 원하기 때문에 여자와 술을 마신다.

6. 현재 그 남자의 조건은 그 남자의 최선이다. 그 안에서 행복한 모습을 먼저 보일 때, 남자는 그녀와의 행복한 미래를 꿈꾼다.

7. 언니들의 "별 남자 없어."라는 말은 자기 취향의 한계일 뿐이다. 내 취향에 따라 남자의 다양성은 광범위해진다.

8. 돈이 많은 남자라도 여자에게 쓸 때는 머릿속으로 계산한다. 펑펑 쓰는 것 같아도 나중에 다시 계산한다. 남자의 기준으로 여자에게 그냥 공짜는 없다.

9. 말끝을 흐리면서 "일 때문에….", "친구 때문에…."라며 사정을 이해해달라는 남자가 많다. 그런데 남자는 정말 사정이 있다면 길게 이야기한다. 이유가 짧을수록 핑계에 가깝다.

10. 남자는 다 잡은 물고기가 아니라 가치 없는 물고기에게 더 이상 먹이를 주지 않는다.

자신의 이기심을 충족시켜 줄 수 없다고 해서 그도 똑같은 남자라고 취급하는 것은 아닌가?

4장

연애 기(起) 자기만의 가치로
마음을 사로잡아라

자신의 가치부터 보여줘야
대우받는다

먼저 자신의 가치를 보여주고 나서 대우를 받기 원해야 한다. 남자
는 그런 여자만 대우해준다. 하지만 많은 여자가 대우부터 바란다.

- 가치 있는 여자이기 때문에 무조건 남자가 돈을 내야 한다.
- 가치 있는 여자이기 때문에 절대로 먼저 전화를 걸지 않는다.
- 가치 있는 여자이기 때문에 쉽게 데이트를 승낙할 수 없다.
- 가치 있는 여자이기 때문에 먼저 애정 표현을 하지 않는다.
- 가치 있는 여자이기 때문에 고급 레스토랑이 아니면 안 된다.
- 가치 있는 여자이기 때문에 걸어 다녀서는 안 된다.
- 가치 있는 여자이기 때문에 먼저 화해하지 않는다.

물론 당신은 가치 있는 여자다. 이 세상에 하나밖에 없는 소중한 존
재다. 그래서 합당한 대우를 바라고, 상대방이 대우해주지 않으면 자

존심이 상한다.

'감히 이놈 봐라! 예전 남자친구는 나를 어떻게 대우해줬는데….'

애꿎은 과거의 남자친구와 비교하며 화를 내기도 한다. 그렇지만 대우를 바라기 전에 그 남자가 진정으로 자신의 가치를 깨달을 수 있도록 만들어야 한다.

'더 괜찮은 모습을 보여주기.', '자신을 존중하는 만큼 상대방을 존중해주기.', '남자의 말에 귀 기울여주고 부담을 덜어주기.', '남자에게 자신감을 심어주고 성향과 맞지 않아도 어울리기 위해 노력하기.', '동정이 아닌 이해의 자세로 남자의 상황을 공감해주기.' 등의 태도를 취한다면 남자도 당신의 가치를 알아보고 비로소 서로 진심으로 대우해주게 된다. 그런데도 당신은 가치는 보여주지도 않고 그 남자가 대우해주기만을 바라고 있지 않은가?

가치 있는 사람만이
가치 있는 대우를 받을 수 있다.

장미의 기술

남자: 나는 짜장면을 좋아해.

여자: 나는 파스타를 좋아해. 우리 파스타 먹으러 가자!

많은 여자가 남자의 마음을 사로잡을 수 있는 소중한 정보를 이런 식으로 무시한다. 그렇기 때문에 외모를 가꾸는 것 이상으로 남자를 유혹하는 방법이 떠오르지 않는다.

필자라면 그녀가 짜장면을 좋아한다는 사실을 알았을 때 그 지역에서 가장 맛있는 중국집을 찾기 위해 노력할 것이다.

"자기가 짜장면을 좋아한다고 해서 내가 짜장면이 가장 맛있는 집을 알아냈어."

그녀는 나(필자)를 만나서 전보다 더 자신의 기호에 친밀해졌다. 즉, 이전 세상보다 더 넓은 세상을 경험할 수 있는 것이다.

상대방이 파스타를 좋아한다고 해서 파스타를 먹으러 가는 사람이 많다. 하지만 더 새롭고, 더 맛있는 파스타 집을 찾기 위해서 노력하는 사람은 드물다. 그래서 좀처럼 사귀기 전과 후가 달라지지 않는다. 전에 만났던 사람들과 별반 달라질 게 없다.

필자는 좋아하는 사람이 좋아하는 것들을 최대한 놓치지 않게 만들려고 노력하는 편이다. 그건 좋아하는 사람이 필자를 좋아할 수 있도록 만드는 힌트가 되기 때문이다.

"저는 장미향을 좋아해요."

지금 상대방이 먼저 자신을 유혹할 수 있는 정보를 제공했다. 남자는 이 정보를 놓치면 안 된다. 남자는 그녀를 만날 때 장미꽃 한 송이를 준비하고(1단계 전략), 차 안의 방향제를 장미향으로 바꾼다(2단계 전략). 그녀가 요즘 피곤하다고 하면 천연 장미 오일을 선물한다(3단계 전략). 이러한 전략을 수행하면 남자 역시 장미향을 좋아하게 되고, 이내 둘의 사랑도 장미향을 머금게 된다.

많은 여자가 어떻게 하면 그 남자를 유혹할 수 있는지 묻는다. 그때마다 그 남자가 좋아하는 것이 무엇인지 되묻는다. 그것이 바로 그 남자를 유혹할 수 있는 모범 답안이기 때문이다.

"그 남자가 좋아하는 것이 무엇입니까?"

이제 당신이 직접 답안지를 작성할 차례다.

> 상대방이 좋아하는 것으로 유혹하지 않고
> 자신이 좋아하는 것으로 유혹하려고 한다.
> 답이 없는 여자는 매번 그런 식이다.

소개팅 후에
다시 **연락** 오게 하려면

소개팅에서 외모가 차지하는 비중은 절대적이다. 그런데 외모와 상관없이 한 번 더 만나고 싶은 여자가 있다.

남자는 우선 외모로 큰 점수를 주고 상대방 여자의 태도에 따라 '-10점', '+10점' 등으로 계산한다. 그렇게 해서 총점이 높으면 괜찮은 여자라는 결론을 내린다. 그렇다면 남자는 소개팅에서 어떤 여자를 괜찮은 여자라고 판단할까?

- 남자가 "내일 괜찮아요. 내일 만나요."라고 하면 시원하게 소개팅 날짜를 지정하라. 남자는 데이트 약속을 잡을 때부터 여자의 까다로움에 시달릴 수 있다.
- 잘 웃고, 잘 들어주고, 잘 호응해주기만 해도 남자는 만족한다.
- 카카오톡의 프로필 사진이 너무 과장되면 만나기 전부터 괜한 기대감만 키우게 만든다. 관련 앱으로 화면상에서 다듬는다고 해도 성

형 수준보다는 간단한 보정 정도가 좋다.

- 남자는 나이, 키, 직업에 관해 미리 대답할 준비를 해두고 있다. 그만큼 의식하고 있다는 말이다. 이 3가지를 묻지 않는 것만으로도 남자 입장에서는 괜찮은 여자가 되기도 한다.

- "어떤 느낌의 영화를 좋아해요?", "그 색상을 좋아하는 이유가 뭔가요?" 등으로 느낌을 말하게 하면 느낌이 통하는 사람이 된다.

- 콘셉트가 확실해야 한다. 만약 자신이 귀엽지도 않고 청순하지도 않다면 섹시한 쪽으로 나가야 한다.

- 퇴근 후에는 소개팅을 잡지 말자. 직장 때문에 스타일의 제약이 따를 수 있고, 일에 지친 얼굴로 나갈 수 있기 때문이다.

- 남자에게 "어디 갈래요?"라고 묻지 않고 "○○로 가죠!"라고 말할 수 있다면 여자가 소개팅의 주도권을 갖게 된다.

- 처음 만날 때부터 남자가 차로 집 앞까지 오게 하지 않는다. 또한 차에 타더라도 그 공간을 존중해준다.

- 약속 장소에서 먼저 나와 있는 여자도 처음이었는데 기다리는 동안 책을 읽고 있었다. 그리고 남자를 보자 환하게 반기며 웃었다. 이 얼마나 훌륭한 첫걸음인가!

- 피치 못할 사정으로 약속 시간에 늦었더라도 커피를 사면 아주 간단하게 무마된다.

- 남자를 칭찬하는 행동은 당신에 대한 자신감을 수여하는 것과 같다. 그러면 남자는 좀 더 적극적인 자세로 당신과의 소개팅에 임하게 된다.

- 음식점에서는 편하고 부담 없이 먹을 수 있는 메뉴를 선택하라. 그

래서 많은 여자가 무의식 중이라도 '스파게티'를 외치는 것이다.

소개팅의 사전정보는 무의미하다. 주선자가 보는 눈과 내가 보는 눈이 다르기 때문이다. 주선자가 알려준 그 남자에 관한 정보를 답습하려고 하지 말고 내가 느낀 그대로 체감할 줄 알아야 한다. 그래야 내가 정말 괜찮은 남자와 소개팅을 하는지, 안 하는지를 알 수 있다.

'돈을 쓸 만한 여자일까? 아닐까?'
남자는 여자를 단지 이렇게 판단하기도 한다.
단, 돈으로 살 수 없는 가치를 가진 여자는 예외다.

연예가 중계가 되지 마라

여자들끼리 있을 때 연예인은 빼놓을 수 없는 화젯거리다. 쉽게 공감대를 형성할 수 있기 때문이다.

"어제 그 드라마에서 주인공 연기와 독백이 너무 좋았던 것 같아!"

"난 ○○보다는 △△가 좋아!"

그렇지만 연예 관련 주제가 모든 사람과 소통할 수 있는 대화의 주제는 아니다. 만난 지 얼마 되지 않은 남자와 연예 관련 이야기만 계속 했다가는 자칫 연예계의 가벼운 이슈처럼 될 수 있다. 연예계에 관한 이야기를 할 때 주의할 사항은 무엇일까?

- 그의 상태를 배려하면서 말하라. 앞에 앉아 있는 남자는 추남인데 정우성이 이상형이라고 말한다면 그의 심정은 도대체 어떻겠는가?
- "저 오늘 10시까지 집에 들어가야 해요. 즐겨 보는 드라마를 하거든요." 그 말을 듣는 순간, 남자는 소심해서 드라마가 자신보다 우위에

있다고 여긴다. 그러면 연애도 항상 10시까지다.

- 영화의 배우보다 내용을 얘기하자. 서로의 생각을 공유할 수 있다.
- "그 개그 코너 너무 웃기지 않아요?" 관계에 있어 웃음 코드를 중요하게 생각하는 사람이 많다. 그렇다고 해도 미리 자신의 웃음 코드를 강조할 필요는 없다.
- 현실성 없는 드라마에 빠져있는 모습을 보일수록 환상에 빠져 허황된 꿈을 꾸는 여자처럼 보인다.
- 자꾸만 대화의 방향이 연예계 쪽으로 흘러가면 어리고 한심한 여자로 볼지도 모른다.

필자는 어렸을 때부터 영화를 좋아했다. 혼자서도 영화관에 갈 정도였다. 하지만 지금은 영화보다 책을 더 좋아한다. 영화를 보면 빠져들지만 책을 보면 확장되기 때문이다(물론 영화가 책보다 수준이 낮다는 말은 아니다. 단지 차이가 있음을 말하고 있는 것이다.).

독서와 사색을 통해 좀 더 다양한 관점으로 상대방을 수용하고 더 깊은 공감대를 형성할 수 있다. 연예인이 주인공이 아니라 우리가 주인공인 대화는 언제나 즐겁고 시간 가는 줄 모른다. 그리고 그런 대화를 통해 서로 긴밀해진다.

남자들이 연예인을 별로 좋아하지 않는 이유는,
여자들이 연예인에게 열광할 만큼
자신에게 열광해주는 여자를 만나지 못했기 때문이다.

여자가 무서운 이유는
과거를 숨길 줄 알기 때문이다

의외로 많은 여자가 첫 만남에서 자신의 과거를 털어놓는 실수를 저지른다. 그 이유로는 '과거의 인기나 이전 남자친구의 수준으로 자신을 과시하기 위해서', '과거의 남자친구를 아직까지 잊지 못해서', '남자로 보이지 않는 그에게 연애 상담을 하고 싶어서', '과거를 용서받거나 의견을 듣고 싶어서', '그가 궁금해 하거나 할 말이 없어서 얼떨결에…' 등이 있다. 이때 남자는 '나를 남자로 생각하지 않는구나', '이 여자도 누군가 질려서 버린 여자구나', '그렇게 잘난 사람과 사귀었는데 감히 내가 어떻게…', '과거가 복잡한 여자는 팔자가 세서 부담스러워', '자꾸 내가 모르는 과거 이야기만 하니까 대화가 지겨워' 등의 생각을 한다.

당신은 어떤 의도로 과거를 말했는가? 적어도 그 남자에게 호감이 있다면 처음부터 과거를 내세우지 마라. 남자는 당신의 과거를 듣고 부정적인 상상을 하거나 오해를 해서 관계에 대한 적극성을 잃게 된다. 특히 다른 남자에게 버림받은 여자라고 생각하면 호감이 반감된다. 설령 남자가 궁금하다고 해도 두루뭉술하게 대답하자.

"연애 경험이요? 남들만큼 해본 것 같아요."

"왜 헤어졌냐고요? 제가 부족해서요."

특히 두려운 과거를 갖고 있는 여자라면 관계가 더 깊어지기 전에 자신의 과거부터 용서받은 다음에 시작하려고 한다. 더 사랑하면 헤어지기가 힘들기 때문이다. 그렇다고 해도 남자가 묻기 전까지 애써 밝히지 마라. 사랑이 깊어져야 수용할 수 있는 범위도 넓어진다. 좀 더 견고한 사랑의 추억을 쌓아둔 이후에 말해야 감정과 이성이 조화롭게 이해한다.

상대 남자도 예전 남자친구와 같지 않을까 하는 두려움과 지난 시절 자신의 못난 모습 때문에 여전히 아픈 과거 속에서 머뭇거린다. 현재의 그 남자는 어떤 사람인지 잘 모르겠지만 현재의 당신은 예전의 그녀가 아니다. 스스로 이 사실을 인정해야 당당하게 새로운 사랑을 시작할 수 있다.

정말 사랑하는 사람을 이해할 수 있을까? 어쩌면 우리는 사랑하는 사람을 사랑으로 이해하는 것이 아니라 용서하는 것인지도 모른다. 그런데 왜 용서부터 받으려 하는가? 더 사랑하다 과거 때문에 헤어지면 자신이 더 힘들 것 같아 이 기심을 내세우는 것은 아닐까?

속 깊은 대화를 나누기 위한 규칙

필자는 모르는 사람과 하루 종일 대화할 수 있다. 대화의 규칙을 알고 있기 때문이다. 대화의 규칙은 간단하다. '하늘 → 구름 → 비행기'의 순서대로 대화를 이어나가면 된다. 예를 들면, 다음과 같다.

• 대화 ①

여자: 어떤 음식을 좋아하세요?

남자: 저는 한식을 좋아해요.

여자: 한식 중에 뭘 좋아하세요?

남자: 불고기를 좋아해요.

여자: 그럼, 어디 불고기가 맛있어요?

남자: 제가 가는 단골집이 있어요. 거기가 맛있어요.

여자: 저는 한정식을 좋아해요. 혹시 그런 곳은 아세요?

→ 음식에서 불고기로, 불고기에서 한정식으로 넘어가면서 자연스럽

게 대화가 이어진다.

• 대화 ②

여자: 취미가 뭐예요?

남자: 독서입니다.

여자: 주로 어떤 책을 읽으세요?

남자: 고전을 읽어요.

여자: 고전 중에 어떤 작품을 좋아하세요?

남자: 셰익스피어나 괴테 작품을 좋아해요.

여자: 저도《햄릿》은 읽어 봤어요.

남자:《햄릿》은 대사가 예술이죠.

여자: 인간을 통찰하는 셰익스피어의 눈은 예리해요.

→ 취미에서 독서로, 독서에서 셰익스피어로 넘어가면서 서로의 의견
   을 주고받는다.

• 대화 ③

여자: 뭐 좋아하세요?

남자: 음악이요.

여자: 네. 그럼 좋아하는 색깔은요?

→ 하늘에서 구름으로 넘어가지 못하고 바로 바다로 넘어갔다. 이처
   럼 대화의 흐름을 잡지 못하면 대화가 단절되고 만다.

대화의 규칙을 알고 있어도 생각이 없으면 안 된다. 따라서 말을 잘

하기 위해서는 평소 독서와 사색하는 습관을 갖고 있어야 한다. 그래야 대화가 확장되고, 깊이 있는 의견을 주고받을 수 있다. 즉, 인간은 내면에 축적된 자기 질량만큼만 깊은 대화를 나눌 수 있는 것이다.

'말'이란 자기 의견이다.
하지만 많은 사람이 자기 생각조차 없다.
그저 남들이 좋아하고, 싫어하는 것만 생각할 뿐이다.
그래서 이런 사람과 대화를 나누면 금방 싫증해진다.

카페에서 받는 **교양 수업**

이제는 어디를 가도 (프랜차이즈든, 개인이 하는 곳이든 상관없이) 카페를 쉽게 찾을 수 있다. 몇 년 사이에 카페 문화가 급속도로 발달했고 어느 순간부터 누구에게나 익숙한 장소가 되었다. 이런 장소일수록 사람에 대해 통찰하기 쉽다. 평범한 공간에서 사람의 진가가 발휘되기 때문이다. 그렇다면 필자와 함께 카페로 들어가 보자.

- 같은 스타벅스라도 공간의 배치, 창밖의 풍경, 흘러나오는 음악에 따라 느낌은 달라진다. 필자는 조경과 조명, 그리고 음악을 중요하게 생각한다. 자신이 선별한 공간이 자신의 존재감을 반영하기 때문이다. 공간을 전략적으로 활용할 필요가 있다.
- 각자 자기 입맛에 맞는 아메리카노가 따로 있다. "어떤 프렌차이즈의 아메리카노를 좋아하나요?"라면서 취향의 거리를 좁혀 보자.
- 남자는 카페에서 오래 앉아 있지 못한다는 말은 틀렸다. 내면에 가

진 것이 많다면 시간과 장소에 구애받지 않는다. 앞의 말을 믿는 남자라면 당신과 커피를 마시면서 서로를 즐길 수 없을 것이다.

- 상대방의 취향을 알았다면 "생크림은 빼주세요.", "코코아는 진하게 해주세요.", "얼음은 조금만 넣어주세요." 등을 주문에 반영하자. 남자는 여자의 사소한 보살핌에 익숙해진다.

- 어색한 사이라면 커피를 라지 사이즈로 주문하자. 어색함을 감추려고 자꾸만 커피를 마시는데 만일 커피가 떨어지면 무안해서 휴지를 뜯거나 일어설지도 모른다.

- 카페 안에서 마신다면 머그잔으로 주문하자. 머그잔의 크기와 색, 그리고 두 손으로 컵을 감싸며 호호 부는 모습이 여성스러움을 강조한다. 커피는 온기를 음미하는 음료다.

- 남자친구가 흡연자라면 나올 때, 커피 찌꺼기를 챙겨 주도록 하자. 집에서 담배를 피울 때마다 당신이 생각날 것이다.

함께 커피를 마시고 싶은 여자는 커피를 좋아하는 여자가 아니다. 커피와 함께 소통할 수 있는 여자다. 기억나는 것은 그때의 커피향이 아니라 그때의 그녀와 함께 커피를 마시며 즐거웠던 시간이다. 그것이 바로 남자가 기억하는 커피향이다.

분위기 좋은 카페에서 차 한 잔을 마시며
어떤 대화를 나눌 수 있는 사람일까?

함께 **밥** 먹고 싶은 여자

남자는 여자가 밥 먹는 모습도 예쁘다고 생각하므로 남자 앞에서 유용한 식사 태도를 알고 있어야 한다.

- 음식을 남겨서 문제가 아니라 먼저 식사를 끝내고 숟가락을 놓는 것이 문제다. 천천히 먹으면서 그 남자와 보조를 맞추도록 하자.
- 음식에 대한 평가는 식사를 마친 다음에 하자. "이 집, 정말 맛이 없다." 그러면 남자는 억지로라도 음식을 남겨야 하는지 고민한다.
- 남자가 먹는 이야기만 한다면 당신에게 흥미를 잃은 것이다.
- 지금은 맛도 분위기도 고려할 수 없는 상황이다. 간단히 끼니를 해결할 수도 있어야 한다.
- 첫 만남이면 뜯어 먹는 메뉴는 가급적 피하자. 자신이 마음에 들지 않아서 막 먹는다고 오해받는다.
- 그 남자와 다른 메뉴, 그 남자와 다른 샐러드, 그리고 밥을 골랐을

때 빵을 주문하면 서로 사이좋게 나눠 먹을 수 있다. 어색한 상황에서 친밀해질 수 있는 기술이다.

- 그가 주문한 음식의 가격대가 마지노선일 가능성이 높다. 그 가격에 맞춰 주문하면 큰 부담을 주지 않는다.
- 분식을 좋아하는 여자를 싫어하는 남자는 없다. 가끔 남자를 분식집에 데려가면 무척 좋아할 것이다.
- 식사비가 많이 나왔을 때 한 번 계산해주는 것이 분식집에서 10번 계산해주는 것보다 효과적이다. 남자의 친구들이 종종 묻는 "비싼 것은 사줘?"라는 지뢰도 피해갈 수 있다.
- "이 음식 너무 맛있어요."가 아니라 "함께 먹으니까 이 음식 너무 맛있어요."라고 말하면 좋다.

그녀가 나를 위해 반찬을 만들어줬다. 감동적이었지만 맛은 솔직히 별로였다. 미각만큼은 솔직하니까. 또한 반찬이 너무 많아 부담스러웠다. 다 먹기도 그렇고 남기기도 그렇고 하니까 말이다.

음식을 만들어주는 여자는 물론 아름답다. 그렇지만 반드시 상황을 고려해야 한다. 지금 당장 배고픈 그에게는 시켜 먹는 편이 현명할지도 모른다.

> "이야! 맛있겠다."
> 이 주문은 마법과 같다.
> 그 말을 들은 남자는 정말 맛있게 느낀다.

"우리 함께 **영화** 보러 갈래요?"

영화관은 데이트 필수 코스다. 사귀는 순간부터 영화관은 연애 코스에 빠지지 않는다. 하지만 똑같은 공간이라도 그 공간을 어떻게 활용하느냐에 따라 그 사람의 인상이 달라진다. 그렇다면 영화관에서 필요한 데이트 기술을 알아보자.

- 평소 남자가 좋아하는 장르나 배우의 영화가 개봉하면 미리 예약한다. 남자의 기호를 놓치지 않도록 하는 것이다.
- 영화관 가기 전에 영화의 내용과 어울리는 향수를 뿌리고 가자. 영화를 보는 내내 다른 상상에 빠질 수 있도록 말이다.
- "이 영화 안 보면 나 그냥 집에 갈래." 이건 아이가 엄마한테나 하는 말이다. 그런데 이렇게 말하는 여자들을 본 적이 있다.
- 그 남자가 영화를 예매하면 팝콘과 음료수를 사거나 영화 시간을 기다리는 동안 커피를 산다. 남자는 기본이라고 생각하지만 그 기

본을 지키는 여자가 드물다.

• "너희 동네 영화관은 더럽고 좁아서 별로야!" 그 남자의 생활환경을 부정하지 마라. 그 남자에게는 그 어떤 장소보다 편하고 넉넉한 곳이었다.

• 연애 초반에는 영화를 보고 나오면 어색해지는데 그 어색함을 그녀는 질문으로 풀었다. "아까 그 장면 정말 인상 깊었죠?"

• "나는 한국 영화 유치해서 싫어!" 장르의 범위를 제한하면 함께 즐길 범위가 좁아질 뿐만 아니라 상대방의 취향을 저급하게 몰 수 있다.

• 당신은 어떤 자세로 영화를 보는가? 너무 무뚝뚝하게 영화에만 전념하고 있는 것은 아닌가? 그 남자의 손을 잡거나 잠시 어깨에 기대면 효과가 좋다.

• 함께 본 영화표를 잘 간직한다. 영화가 끝난 후, 필자가 준 표를 바로 쓰레기통에 버리는 그녀를 보고 왠지 함께 했던 추억이 버려지는 것 같은 기분이 든 적이 있었다. 추억의 증거를 소중하게 다루는 여자와의 추억은 소중하게 여겨진다.

• 한 번 더 보고 싶은 영화가 있다. 그럴 때 선뜻 응해주는 여자를 특별하게 생각하지 않을 남자는 없다.

• 그녀는 필자가 매우 감명 깊게 본 영화의 OST를 선물해줬다. 필자는 그 영화에 대한 여운을 오랫동안 간직할 수 있었다.

• 그녀는 "지금 할 게 없으니까 영화나 보러 가자."라는 말을 단 한 번도 하지 않았다.

• 영화가 끝나자마자 바로 휴대전화부터 확인하거나 자리에서 일어나지 말고 영화의 엔딩이 주는 여운을 만끽하자. 여자의 감수성을

강조할 수 있는 타이밍이다.

- 대기표를 버리지 말고, 편지에 붙여 다음과 같이 적어 보내자. '180 번, 오늘 이 사람들 중 가장 행복한 하루를 보낸 사람은 바로 나였을 거야.' 그러면 대기표를 볼 때마다 기억나는 여자가 된다.

남자는 같은 장소에서 실망한다. 똑같은 장소지만 어떤 여자와 함께 하느냐에 따라 그 느낌이 달라짐을 실감하기 때문이다. 그래서 여자는 그 남자가 익숙한 장소에서 긴장을 늦추지 말아야 한다.

그와 함께 시간을 때우기 위해 아무 영화나 보지 마라.
나중에 그가 지겹게 봤던 영화 제목으로
당신을 회상할지 모르기 때문이다.

남자와 **드라이브**를 갈 때

남자는 자기 차에 여자를 태우고 싶어 한다. 여자에게 차가 있어도 주로 남자의 차로 데이트를 하게 된다. 이때 남자는 자기 차에 탔던 여자들을 하나하나 비교하기도 한다. 그렇다면 그중 가장 괜찮은 여자가 될 수 있는 비결은 무얼까?

- 차는 그 남자의 성향을 100% 반영한다. 청결 상태, 운전 습관, 자동차 용품, 즐겨 듣는 CD, 라디오 주파수, 내비게이션에 저장된 이동 경로 등을 유심히 관찰하면 남자의 성향을 좀 더 쉽게 파악할 수 있다.
- 유류비를 지원해주자. 남자가 주유소에서 "3만 원치요."라고 할 때 여자가 "아뇨, 5만 원치요."라고 하면서 자기 카드를 꺼내는 순간, 남자는 새롭게 볼 것이다.
- 추운 겨울, 차에 타기 전에 따뜻한 캔 음료를 사서 그의 허벅지 사

이에 끼워준다.

- 새 차일 경우 문을 너무 세게 닫지 않는다. 그리고 골목이나 번잡한 번화가로 오라고 해서는 안 된다. 남자는 차가 어떻게 될 것 같아 속으로 조마조마한다.

- 남자는 연인과 함께 셀프 세차장에서 세차하길 원한다. 남자가 놓친 부분을 깨끗하게 청소해주고 그의 애마에 자신의 향기를 남겨두자.

- 장거리 주행 시 조수석에 앉아 있으면 졸릴 때가 많은데 혼자 자면 안 된다. 필자는 침까지 흘리며 자는 여자를 본 적이 있다. 한 사람이 뭔가를 할 때는 되도록 함께 호흡하자.

- "자기야! 저기 카메라 있거든." 한 번씩 경각심을 일깨워줄 필요성이 있다. 단속 카메라에 찍히면 옆자리에 있는 그녀의 무심함을 원망하는 남자도 있다.

- 자동차에서 스킨십을 할 때 여자가 너무 능숙하면 남자는 과거를 의심한다. 의자를 뒤로 젖히거나 뒷좌석으로 가자는 말은 하지 않는다.

- 에어컨이나 오디오 등의 조작법을 가르쳐 달라고 해서 남자가 운전에만 집중할 수 있도록 하자. 조수석에 앉아 차를 조작하는 여자의 모습을 보고 남자는 은근히 귀엽고 대견하게 느낀다.

- 차는 남자만의 공간이다. 섣불리 친해지기 전까지 그 공간에서 함부로 행동하면 안 된다. 허락 없이 담배를 피우거나 냄새 나는 음식을 먹지 않는다.

- "오늘 주말이고, 시내에서 만나기로 했으니까 차는 놔두고 와!" 여

자가 예외(적인 상황)를 지정해주면 남자는 좀 더 편하게 만날 수 있다.

- 남자가 운전할 때 그녀는 살포시 기대기도 하고, 책을 읽어주기도 하고, 여러 이야기를 들려주기도 하면서 놓친 창문 밖 풍경까지 설명해 줬다. 그래서 이제는 그녀가 없는 차 안은 허전하다.
- 이건 아니다 싶은 상황과 마주치면 일단 내려서 거절해야 한다. 차에서 내리지 않고 거절하면 일부러 튕긴다고 착각한다.

현재 자신의 차에 만족하는 남자는 드물다. 더 좋은 차로 바꿔도 만족하지 못한다. 그런데 내가 사랑하는 그녀가 내 차에 만족하는 모습을 보이면 그나마 위안이 된다. 그녀를 태울 때 가장 익숙한 차가 되는 것이다.

과거 남자친구의 차와
현재 남자친구의 차를 비교하면 안 된다.
그 대신 차와 함께 할 수 있었던 추억을 비교하라.
사랑은 마음의 도로를 달려야 하니까.

"일단 술을 먹여 봐."

"일단 술을 먹여 봐."

남자들이 연애를 하는 친구에게 가장 많이 하는 조언 같지 않은 조언이다.

한국 남자들은 여자를 술로 어떻게 해보려고 한다. 술에 넘어간 여자들이 분명히 존재했기 때문이다. 따라서 여자는 술자리에서 긴장을 늦춰서는 안 된다.

- 자신의 주량도 모르는 여자가 있다. 그래서 남자들이 술자리를 기회로 삼는 것이다. 자신의 주량이 자신을 지킬 수 있는 범위라는 사실을 명심하라.
- 통금시간이 정해져 있지 않은데 자꾸만 술잔을 부딪치면서 '짠'을 하고 술 마시는 속도를 계속 빠르게 한다면 취하게 만들 속셈이 있는 것이다.

- 술자리에서 남자가 게임을 하는 이유는 3가지다. 술을 먹이기 위해서, 벌칙으로 스킨십을 하기 위해서, 속마음을 떠보기 위해서다. 그런데 여자는 잘 속아 넘어간다.

- 그녀가 술에 취해 정신을 차리지 못하자 그는 속으로 생각한다. '지금까지 얼마나 많은 남자들에게 이 빈틈을 허용했을까?'

- "전 술 마시면 머리가 너무 아파요.", "전 조금만 취해도 바로 집에 가요.", "전 자꾸 술 권하는 남자를 싫어해요." 남자는 소심해서 이 말만으로도 쉽게 단념한다.

- 여자가 취하지 않자 차선책으로 자신이 취해 버린다. 이때 남자의 연기력에 속지 말고, 취하면 그냥 가겠다고 주의를 줘라. 그러면 남자는 다시 원상태로 돌아온다.

- 남자의 수작에 넘어가고 싶어서 넘어가도 문제가 발생한다. 남자는 여자의 현재를 과거의 습관으로 여기기 때문이다.

- 술을 마실 때에는 표정, 포즈, 푸념을 주의해야 한다. 긴장을 놓치면 안 된다.

- 술자리에 친한 친구를 데려가면 그동안의 내숭을 뒤집고 실체를 공개할지도 모른다.

- 남자는 여자가 화장실에 가면 자신의 술(특히 소주)에 물을 타거나 버리고 마신 척을 한다.

- 어쩌면 자꾸 술을 먹이는 남자보다 분위기에 취할 만큼 로맨틱한 술집을 꿰고 있는 남자가 더 치명적일지도 모른다.

술로 어떻게 해보겠다는 심리는 시간을 단축하겠다는 의지다. 시간의 단축은 정신적, 물질적 투자의 절약을 의미한다.

공을 들이지 않고, 유혹하겠다는 산술은 심장이 아닌 배꼽 아래에서 나온다. 그래서 여자는 술에 넘어가지 말아야 한다.

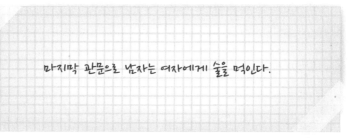

마지막 관문으로 남자는 여자에게 술을 먹인다.

61

만나서 할 게 많은 여자

서울 명동이나 부산 남포동이나 만나서 특별히 할 수 있는 것은 없다. 데이트 코스도 프랜차이즈의 흐름에 따라 바뀐다.

자기답지 못하면 만나서 별로 할 게 없다. 남들이 가는 무미건조한 데이트 장소를 답습할 뿐이다. 그렇다면 자기만의 개성으로 특별한 데이트가 될 수 있는 방법은 어디 없을까?

- 매일 같은 장소에서 만나도 매일 다른 모습을 보여주기 위해 노력한다면 내일을 기대하게 된다.
- 남자에게는 그리워하는 시절이 있다. 졸업한 학교도 좋고 군대도 좋다. 그때 그 장소가 떠올릴 수 있는 코스를 고민해보자.
- 같은 장소의 하늘이라도 날씨에 따라 다른 표정을 짓는다. 오늘의 구름과 별들의 반짝임을 확인하라.
- 대화를 즐기는 남자라면 가장 대화하기 편한 장소를 물색해서 아지

트로 삼는다.

- 남자가 사는 동네를 함께 탐방해보는 것도 색다른 경험이 될 수 있다. 늘 혼자서만 익숙한 장소였기 때문이다.
- "아메리카노와 붕어빵의 궁합은 어떨까?" 궁금하면 함께 해보는 것이다. 이런 즉흥적인 제안이 참신한 즐거움으로 이어지는 경우가 많다. 데이트를 알콩달콩하게 꾸며주기 때문이다.
- 남자친구가 야구를 좋아한다면 응원하는 팀의 유니폼을 함께 맞춰 입어보자. 남자의 이름이 새겨진 유니폼을 입고 있는 여자의 모습만으로도 더욱 친밀해질 것이다.

그녀와의 데이트가 항상 즐거웠던 이유는 그녀의 다양한 제안 때문이었다. 그녀가 아는 맛집, 그녀가 알아낸 연극, 숙제로 낸 여행지, 돗자리에 누워서 함께 듣는 음악, 차 안에서 그녀가 선곡한 CD 틀기, 그녀가 싸온 도시락 등의 데이트를 통해 필자는 그녀의 개성을 즐길 수 있다. 그녀와의 특별한 경험이 그녀를 특별하게 만들고, 잊지 못할 추억으로 남아 아직도 기억 속에 있다.

어차피 만나서 크게 할 것도 없다. 다만 서로의 소소한 정서를 공유하며 작은 기쁨으로 충만해질 뿐이다. 그리고 헤어지고 나서 기억에 남는 것도 사소한 일상 속에서 발견했던 특별함이지 위대한 그 무엇은 아니다.

사랑에는 **강자도, 약자도** 없다

서로가 첫눈에 반하지 않았다면 사랑은 일방통행으로 시작된다. 더 좋아하는 사람이 사랑의 약자가, 덜 좋아하는 사람이 강자가 된다.

대부분 연애 초반에는 고백받는 여자가 강자가 되지만 연애 후반에는 어떻게 역전될지 모른다. 여자가 남자를 쫓아다닐 수도 있다. 그런데 혹시 당신은 사랑의 강자였을 때 그 남자에게 어떻게 대했는가?

- 너무 오랫동안 그를 기다리게 했던 적은 없는가?
- 그가 당신의 모든 것을 다 이해해줄 것이라고 착각하지 않았나?
- 너무 자주 그의 약점을 지적했던 것은 아닌가?
- 그가 항상 당신을 쫓아다닐 것이라고 확신했는가?
- 매번 자신의 일이나 친구부터 챙긴 다음에 그를 챙기지 않았나?
- 모든 데이트 비용을 그에게 전담했는가?
- "아니, 거기서 만날래!", "아니, 저거 먹을 거야!" 매번 자신의 편의

와 기호만 강조하지 않았나?

- 애정 표현을 하지 않아도 그가 서운하거나 지칠 일이 없다고 자만하지 않았나?
- 연인 사이에 지켜야 할 최소한의 예의마저 저버리지 않았나?

시간이 지나면 사랑의 입장도 바뀐다. 강자가 약자로, 약자가 강자로 바뀌면서 사랑이 유지되기도 하고 끝나기도 한다.

사랑에는 영원한 강자도 약자도 존재하지 않는다. 연인이라면 사랑의 권위와 상관없이 서로를 존중해줘야 한다. 그래야 어느 한쪽이 지치지 않고 사랑을 오랫동안 함께 유지할 수 있다.

필자가 그녀와 사귀기 시작했을 때, 그녀는 충분히 더 튕길 수도 있었다. 필자가 그녀를 더 좋아했으므로 그녀는 필자를 이용할 수도 있었고 여유롭게 행동할 수도 있었다. 하지만 그녀는 필자가 최선을 다하는 만큼 자신의 감정 안에서 보답했다.

필자는 그런 그녀의 마음을 매일 느꼈다. 그래서 필자는 사랑의 약자인데도 지치지 않고 그녀와 사랑할 수 있었다. 언젠가 시간이 지나 그녀가 필자를 더욱 사랑하게 되면, 예전에 그녀가 필자에게 했던 것처럼 대할 것이다.

> 당연한 사랑은 없다.
> 사랑하는 사람과 아무것도 하지 않고 편하게 누워 있어도,
> 그 안에는 상대방의 희생이 전제되어 있다.

63

여자가 알아야 할
절묘한 타이밍

남자에게 시간차를 두는 것은 여자의 상식이다. 빨리 허락하면 쉬운 여자가 된다고 믿기 때문이다. 그래서 속으로는 좋아도 겉으로는 싫은 척을 해야 한다.

좀 더 기다리는 시간을 가진 다음에 남자의 진심을 받아준다. 하지만 남자가 바뀔 때마다 적당한 타이밍을 잡기가 어렵다. 남자에 따라 요구 시점이 달라져서 그렇다. 여자가 알고 있어야 하는 연애의 타이밍은 무엇일까?

소개팅 이후의 첫 문자

처음부터 기 싸움을 할 필요는 없다. 아직 서로에 대한 호감만 있는 시기이므로 애를 태우지 않아도 된다.

남자가 여자에게 오는 길은 여자가 먼저 보낸 첫 문자가 터준다. 집으로 들어가는 길에서 '오늘 만나서 즐거웠어요. 조심히 들어가세요.'

라고 먼저 문자를 보내자. 만약 그 여자가 마음에 들었다면 오늘의 감상과 다음 스케줄을 언급하거나 집에 도착해서 전화할 것이다.

답문은 이때

예전에는 15분 정도 기다린 다음에 문자 메시지의 답장을 보내는 것이 정석이었지만 이제는 바뀌었다. 지금은 문자 메시지의 답장을 성실하게 보내주는 여자가 되어야 한다.

남자는 불황일수록 문자 메시지를 무시하지 않는 여자에게 끌린다. 남자의 자존감을 훼손하지 않기 때문이다.

언제 받아들여야 할까?

고백을 받아들일 시기를 가장 잘 아는 사람은 바로 나 자신이다. 내가 그의 마음을 받아줄 수 있을 때 허락하면 된다. 단, 하루나 이틀 정도 생각할 시간을 요구한다. 그날의 분위기에 넘어가는 실수를 예방할 수 있고 그 사이 동안 그의 본심이 드러날 수도 있기 때문이다. 단지 섹스를 정당화하기 위한 구실로 사귀자고 고백하는 남자도 있다.

첫 키스는 언제?

첫 키스는 세 번째 만남 이후에? 감정을 수반한 행위는 약속할 수 없다. 모든 것이 자연스럽고, 그 남자와의 키스가 후회스럽지 않다면 그날의 감정에 충실하면 된다. 그러나 상상 속 남자와의 첫 키스는 상상만으로 끝내야 한다. 남자에게는 어둡기만 해도 낭만적인 첫 키스 장소가 되니까.

첫 섹스는 언제?

미적으로 접근하자. 지금 이 순간이 아름답게 느껴지는가? 그렇다면 허락해도 후회하지 않을 것이다.

타이밍이 가장 이상적인 순간을 멈추게 해서는 안 된다. 지금 이 순간은 이 순간으로 끝나기 때문이다. 어쩌면 너무나 자연스러운 이 순간을 즐기는 것이 진정한 타이밍일 수도 있다.

시간을 정해두지 마라. 어떤 남자는 빠르게, 또 어떤 남자는 느리게 허락할 줄 아는 여자야말로 시간을 지배하는 사람이다. 반대로 상대방을 보지 않고 시간만 보는 여자는 시간에 지배당하는 여자일 뿐이다.

64

공수 전환은 **빠르게**

　감정적 진도를 나가지 못하고 호감에 머물러 있으면 친구도 연인도 아닌 어중간한 사이가 된다. 사귀려면 반드시 둘 중 어느 하나가 적극적이어야 한다. 그래야 만남의 기회가 늘어나고 감정이 진행될 수 있다. 둘 다 적극적이라면 좋겠지만 둘 다 소극적이라면 흐지부지하다가 연락조차 끊기게 된다. 그러면 연애 초반에 여자는 어떻게 해야 할까? 이때는 크게 공수 전략으로 나뉜다.

연애 초반, 남자를 공격하는 전략

- 여자가 득점할 수 있는 최상의 공격 포지션은 어제와 다른 이미지다.
- "청바지가 잘 어울리시네요. 전 청바지가 잘 어울리는 남자가 좋던데….” 의견의 마무리는 감정으로 끝나야 감정이 계속 진행될 수 있다.

- 미끼를 던져라. 그 남자가 좋아하는 영화, 음식, 장소를 빌미 삼아 만남을 제안하라. 명분이 확실하기 때문에 거절당해도 발뺌하기 쉽다.
- 3가지 칭찬 비법을 활용해 간접적으로 대시(dash)하라. '그를 칭찬한다. → 그와 함께 있는 장소를 칭찬한다. → 그와 함께한 시간을 칭찬한다.' 이 3가지만 잘해도 남자의 관심을 끌 수 있다.
- "오늘 저녁을 사셨으니까 다음 저녁은 제가 살게요. 언제가 괜찮으세요?" 이때 남자가 망설이지 않고 대답해야 좋은 징조다.

연애 초반, 남자를 수비하는 전략

- 남자가 데이트를 신청하면 정확한 날짜를 지정해주는 것이 가장 핵심이다.
- 그가 감정을 표현할 때, 최소한의 호감 정도는 표현해야 사귀자는 말을 꺼내게 된다. 남자는 가능성 없는 여자에게 섣불리 사귀자고 고백하지 않는다.
- 너무 까다롭게 굴면 먼저 접근한 남자라도 도망간다.
- 호감이 있다면 커피 값 정도는 계산하자. 단순히 비용을 덜어주는 차원이 아니라 이런 행동을 근거로 여자의 진심을 확인하는 남자의 심리를 공략하기 위해서다.
- 너무 예의 바르고 격식 있게 대하면 심리적 거리감이 줄지 않는다.

여자들 대부분은 수비에만 치중하는 데 사랑을 쟁취하기 위해서는 공수 전환을 잘 해야 한다. 자신의 가치를 증명하는 태도를 자존심 상하는 일이라고 생각해서는 안 된다. 못나서가 아니라 잘나서 뭔가를 보여줄 수 있는 것이다.

그런데도 많은 여자가 자존심을 내세우며 남자가 알아줄 때까지 막연히 기다린다. 시간이 나의 사랑을 이뤄주지 않는다.

둘 다 괜찮은 커플은 드물다.
둘 다 동시에 자존심을 내세우기 때문에
관계가 성립되지 않는다.

스킨십은 언제 **허락**해야 할까?

남자는 여자가 허락할 가능성을 믿고 스킨십을 시도한다. 하지만 스킨십을 할 만한 친밀감과 관련해서 남자와 여자의 생각이 서로 다를 수 있다. 남자는 지금쯤(통화시간 600분, 영화 3편 정도)이면 충분하다고 생각하지만 여자는 아직까지 '대기'라고 생각한다. 마음을 활짝 연 것도, 굳게 잠근 것도 아니기 때문에 여자 입장에서는 망설여질 때가 있다. 그렇다고 직설적으로 "안 돼!" 하면 남자의 자존심에 상처를 줄 것 같다. 여자는 어떻게 대처해야 할까?

- 무심코 그의 팔을 살짝 치거나 먹고 있는 음식을 잘라 주거나 눈을 오랫동안 지그시 쳐다보는 행동은 자칫 스킨십을 허락한다는 신호로 비춰질 수 있으니 주의한다.
- 영화를 함께 보는데 남자가 좌석 팔걸이를 위로 올린다. 남자가 여자의 손을 잡을 계획이 있음을 알려주는 신호다. 아직 어색해서 거

절하고 싶다면 그가 올린 팔걸이를 자연스럽게 내리도록 하자. "저는 팔걸이 있는 게 편해요." 자신의 팔짱을 끼면서 영화 보는 방법도 여자의 방어적인 태도 중 하나다.

- 인적이 드물지만 야경이 아름다운 드라이브 코스가 있다. 일단 이런 곳은 명목상 이끌기 수월해서("우리 엉큼한 곳 갈래?", "우리 멋진 야경 보러 갈래?" 당신이라면 어떤 질문에 응하겠는가? 그래서 남자는 분위기로 유도한다) 스킨십이 목적인 남자들이 주로 애용하는 장소다. 이런 장소에 가기 전에 시간과 날씨 탓을 돌려 목적지를 바꾸는 것이 상책이며 만약 가더라도 얼른 내려 밖에서 야경을 감상하도록 하자. "밖에서 보니 훨씬 더 아름다운 것 같아요! 나와 봐요!"
- 아무리 명목이 그럴듯해도 모텔의 목적은 '섹스'란 사실을 잊어서는 안 된다. 너무 추워서, 더워서, 게임 하러, 술 마시러, 공부하러, 둘만 있고 싶어서 등 남자들이 모텔에 데리고 갈 이유는 수만 가지다.

스킨십의 상황을 예상해 미리 벗어난다면 예상 외로 남자는 빨리 포기한다. 그런데 모텔에서 거절한다면 남자는 결코 쉽게 포기하지 않는다. 모텔비가 아까워서라도 더욱 집요하게 스킨십을 요구하게 된다. 이때 거절하면 오히려 이상한 여자 취급을 받게 될지도 모른다.

스킨십을 거절해서 남자가 떠난 것이 아니라
스킨십조차도 할 수 없기 때문에 떠난 것이다.

여행 가서 헤어지는 이유

저마다 각자의 여행 패턴을 갖고 있다. 어떤 사람은 하루 종일 돌아다니는 관광을 좋아하는가 하면, 또 어떤 사람은 하루 종일 쉬는 휴양을 좋아한다. 그런데 이 둘이 함께 여행을 가면 분명히 서로의 성향이 달라 대립할 것이다. 둘 사이가 더 멀어질 수도 있다. 그렇다면 좀 더 좋은 여행이 될 수 있도록 어떤 노력을 해야 할까?

국내 여행이냐? 해외 여행이냐?

해외 여행을 가본 사람이라면 사랑하는 사람과 함께 다시 찾고 싶은 나라가 있다. 그런데 해외 여행이 남자 입장에서 부담스러울 수 있다. 따라서 "자기야, 우리 보라카이에 가자!"라고 제안하는 것보다 "자기야, 우리 서로 비용을 분담해서 보라카이에 가자!"라고 제안하는 것이 좋다.

호텔이냐? 모텔이냐?

"난 호텔이 아니면 잠을 못 자!"라고 말하기보다 호텔 이용에 대한 정보를 알려준다. "호텔도 비수기 때에는 할인율이 높다고 하더라. 함께 알아보자!" 모텔밖에 모르는 그에게 아름다운 펜션을 추천하는 것도 좋다.

거기가 맞나? 안 맞나?

남자는 탐색하지 않고 탐험한다. '가다 보면 나오겠지.'라는 심정으로 길을 찾는다. 이때 여자는 인내심을 발휘해야 여행을 망치지 않는다.

예약을 했나? 안 했나?

당연히 남자가 숙소를 예약했을 것이라고 판단했다가는 당일 여행지에 도착해서 낭패를 볼 수 있다. 예약 관련 사항은 여자가 사전에 확인할 필요성이 있다.

더 돌아볼까? 들어가서 쉴까?

남자는 여행 코스보다 여행 자체를 더 중요하게 여긴다. 그래서 한 코스 정도는 생략해주는 편의를 제공하자.

만들어 먹을까? 사서 먹을까?

여행 가기 전, 마트에서 장 보는 재미는 여행이 주는 또 다른 즐거움이다. 그렇지만 여행지에는 분명 그곳 특유의 맛집이 있기 마련이므로 괜히 만들어 먹는다고 했다가 배보다 배꼽이 더 커질지도 모른다. 여행지에서 조리할 때는 여건을 충분히 고려하자.

와인이냐? 막걸리냐?

낯선 곳에 가서도 자신에게 익숙한 것만 찾는다면 여행이 무의미해진다.

"예전에 친구들과 한 번 왔었는데 너무 좋았어. 사랑하는 사람이 생기면 꼭 다시 한 번 오고 싶었어."

속지 마라. 지금 당신과 함께 서 있는 장소가 바로 예전 여자친구와 함께 서 있던 장소다. 그 남자는 분명히 예전의 여자친구와 함께 있을 때와 지금의 당신과 함께 있을 때의 느낌을 고스란히 비교하고 있을 것이다.

서로의 사랑을 확인하기 위해 함께 여행을 떠나기도 한다.
하지만 간혹 그 여행이 이별 여행으로 바뀌기도 한다.

67

몸이 멀어지면
마음도 멀어질까?

직장이나 학교 때문에 장거리 연애를 하는 연인이 많다. 장거리 연
애를 하다가 헤어진 사람들을 보면 몸이 멀어져서 마음도 멀어졌다고
생각한다. 하지만 사실은 장거리 연애를 감수할 만한 상대방이 아니
라는 생각이 들어 멀어졌을 가능성이 높다. 왕복 차비가 아까웠던 것
이다.

- 1시간 밖에 걸리지 않아도 고속도로를 타야 한다면 장거리 연애다.
  거리감은 시간이 아니라 과정이다. 나와 만나는 과정이 부담이 없
  어야 거리감을 좁힐 수 있다. "자기야, 내가 마중 나갈게.", "운전하
  면 피곤하니까 그냥 버스 타고 와.", "1시간 밖에 걸리지 않으니까
  오늘은 내가 갈게."
- 장거리 소개팅일 경우, 보통 남자가 여자를 만나러 간다. 예를 들어,
  부산 남자와 서울 여자가 소개팅을 하게 되면 남자가 서울로 올라

간다. 그러면 여자는 데이트 코스를 선별해 놓고 식사를 대접해야 한다. 멀리 온 사람에 대한 기본적인 예우다. 만약 올라온 남자에게 어딜 갈지 묻거나 데이트 경비를 모두 부담하게 한다면 아무리 괜찮은 여자라도 기권하고 싶은 마음이 들 것이다.

- 여자가 잘만 꾸며도 남자는 그동안 기다린 보람을 느낀다. 만나는 날을 특별한 날로 지정하면 남자는 매번 그날을 기대할 것이다.

- 싸우면 바로 풀 수 없다는 사실보다 1~2주에 한 번 보는 만남조차 무산될 수 있다는 사실이 더 치명타다. 쓸데없는 의심으로 발생하는 다툼만 줄여도 장거리 연애가 순조로워진다.

- "자기야, 아침 꼭 챙겨 먹어.", "점심은 먹었어?", "수요일은 우리 자기 야근하는 날이네.", "보고 싶다.", "며칠 있으면 우리 자기 본다는 생각에 막 설레.", "친구와 함께 왔는데 너무 좋아서 사진으로 보내. 우리 만나면 함께 여기 오자." 함께 있을 때만 연인이라면 혼자 있을 때 더욱 외롭다. 그가 외롭지 않게 멀리서나마 그를 보살펴주자.

- 주말에 다른 약속을 피한다, 보고 싶은 사람이 내려간다, 떨어져 있을수록 더 자주 연락한다, 의심을 살 만한 행동은 피한다, 만나서는 휴대전화를 꺼내놓는다 등은 장거리 연애를 하는 사람들의 기본적인 규칙이다. 따라서 이 규칙 안에서 자유로울 수 있어야 한다.

- 남자가 여자의 지역으로 만나러 갈 때에는 반드시 자고 오는 것을 염두하고 움직인다. 여자도 이 사실은 염두하고 움직여야 한다.

- 처음부터 여자의 몸만 원했다면 남자가 그리워하는 것도 여자의 몸뿐이다. 그래서 오랜만에 만나도 스킨십 외에는 할 일이 없게 된다. 그 스킨십을 못할 경우에 남자는 화를 내며 돌아간다.

거리감은 사랑의 적이라고 하지만 적당하면 사랑을 끌어당기는 힘이 된다. 지금 처해 있는 정당한 거리감을 활용하라. 그 거리에 애틋함을 담고, 자신을 위한 노력을 담고, 남자가 일에 집중할 수 있는 시간을 담아라. 그러면 멀리 떨어져 있었기 때문에 이루어질 수 있었던 사랑이 될 것이다.

떨어져 있는 동안 멀리 있는 상대방을 걱정하기보다
먼저 가까이 있는 자신을 걱정하라.
혼자 있는 시간을 의미 있게 보낼 때, 더 나아진 모습으로 성장할 때,
시간과 공간을 극복하는 사람이 될 수 있다.
가치 있는 당신을 보기 위해 남자는 멀어도 달려갈 것이다.

자신의 일상으로 **초대**하라

'사귄다'는 서로의 일상을 공유하는 것이다. 그래서 만났을 때 금방 식상해지는 여자들의 공통점은 일상이 단조롭기 때문이다.

'나'라는 존재는 일상을 통해 형성되며 개인의 일상에 따라 차별성을 갖게 된다. 예를 들어, 하루 종일 외모만 가꾸는 여자라면 외모 외에 보여줄 것이 없다.

필자는 여자의 사진을 볼 때 사진 안의 배경을 유심히 관찰한다. 그녀의 배경이 곧 그녀의 일상이자 (사귄다면) 우리의 생활이 될 수 있기 때문이다.

일상이 담긴 사진은 여러 가지 의미를 내포한다. 장소에 적응하는 그녀의 표정, 상황에 맞는 그녀의 패션 감각, 공간의 정서가 대변하는 그녀의 감성, 카메라 앵글이 조명하는 그녀의 취향, 인맥의 흐름과 주변 사람들에 대한 마음 씀씀이 등.

사진에 담긴 다양한 일상을 엿보며 그녀의 일상으로 초대받고 싶을지도 모른다. 반면 아무런 배경 없이 단지 상반신만 존재하는 사진, 온갖 가식적인 표정만이 난무하는 '셀카(self camera, 셀프 카메라)'의 사진도 있다.

다양한 무대 장치가 배우의 연기를 돋보이게 해주듯이 좀 더 자신의 무대를 다양하게 연출하는 것은 어떨까? 그렇게 해서 자신의 깊이를 더할 수 있고 상대방의 호기심을 자극할 수 있다.

필자는 다음과 같은 정보를 활용해서 일상을 무대 감독이 무대를 꾸미는 수준으로 만든다.

- 가장 맛있는 돈가스 집을 알고 있다. 또한 먹자골목 61번 집의 떡볶이와 만두가 맛있다는 것을 알고 있다.
- 아메리카노와 가장 잘 어울리는 음악이 흐르는 카페를 알고 있다.
- 손쉽게 책을 찾을 수 있는 서점을 알고 있다.
- 돗자리를 펼칠 수 있는 강변을 알고 있다.
- 슬플 때 위로해줄 수 있는 풍경을 알고 있다.
- 내 차는 항상 새 차 같고 은은한 향기가 감돈다. 그리고 어떤 드라이브 코스라도 수용할 수 있는 음반이 구비되어 있다.

필자가 감독한 배경이 필자를 선명하게 비춰주면서 그녀는 (필자를) 더욱 알게 된다. 이것이 바로 필자가 특별하지 않은 일상 속에서 특별한 사람이 될 수 있었던 비결이다.

필자는 여자가 어떤 일상을 보내는지를 매우 중요하게 여긴다. 그 사람의 일상에 따라 그 사람과 함께 하는 인생이 달라질 수 있기 때문이다.

자신조차 무료한 일상 속으로 뛰어들고 싶은 사람은 아무도 없다.
과연 나는 내 일상으로의 초대장을 보낼 수 있는가?

연애는 일상으로의 탈출이 아니라 일상으로의 초대다.

69
여자의 'NO'는 'NO'다

여자는 'NO'와 친하다. 'NO'라고 해야 더 가치 있는 여자가 될 것 같고, 남자가 더 애간장을 태울 것 같다고 생각하기 때문이다. 또한 'NO'라고 해야 더 여자다워 보일 것 같다고 생각한다. 하지만 그것은 'NO'다.

여자가 'NO'에 갇히면 상황을 바로 볼 수 없다. 이 상황에서는 분명히 'YES'가 정답인데 'NO'라고 해야 할 것 같아서 'NO'라고 하기 때문이다. 예를 들어, 사과할 마음으로 전화를 걸었는데 전화를 받아주면 쉬운 여자처럼 보일 것 같아 전화를 받지 않는다. 그렇게 되면 그 남자는 사과할 마음이 사라지고 상황은 더욱 어렵게 꼬인다.

또한 'NO'라는 부정적인 생각에 사로잡혀서는 안 된다. 'NO'의 망상에 길들여지면 '그 남자가 나를 사랑하지 않는가?'에 초점을 맞추게 된다.

직장에서 힘든 하루를 보내 기운이 별로 없는데 그녀의 전화가 왔다. 기운을 낼 수 없어 평소와는 달리 약간 쌀쌀맞게 받았다. 그녀는 그의 상황을 헤아릴 생각도 하지 않고 다짜고짜 의심했다.

'이건 나를 사랑하지 않는 증거가 틀림없어. 그는 변했어.'

자신에게 'NO'를 가르쳐준 사람들의 상황과 지금 나의 상황은 다를지도 모른다. 그때의 분위기, 그때의 감정, 그때의 기분, 그때의 상황, 그때의 희소성 등 바로 '그때'를 가장 잘 알고 있는 사람은 오직 나 한 사람뿐이다.

내가 이 순간을 지배해야지 'NO'가 지배해서는 안 된다. 여자들이 형식에 길들여졌기 때문에 수동적인 사랑에서 탈피할 수 없다.

'오늘 그 남자가 이렇게 나오면 나는 NO라고 해야지.'

그러면 온 신경이 'NO'에 쏠려 상대방을 제대로 느낄 수 없다.

물론 'NO'가 가져다주는 혜택은 분명히 존재한다. 하지만 '내가 그 남자를 똑바로 느낄 수 있는가?'를 제대로 아는 것이 더욱 중요하다.

현명한 해결책은 상황 속에 존재한다. 무조건 'NO'라고 하기보다 상황을 'ON' 할 수 있는 여자가 되어야 한다.

'NO'라고 해야 할 것 같다는 생각에
아름다울 수 있는 '지금 상황'을 망치지 마라.

70

의외성으로
마음을 사로잡아라

남자에게는 당연하다고 생각하는 규칙들이 있다. 첫 데이트의 저녁은 남자가 산다는 규칙이 하나의 예가 될 수 있다.

실제로도 남자들 대부분이 이런 생각으로 첫 데이트에 임한다. 그래서 저녁식사를 하고 카페를 갔을 때, 여자가 커피를 사지 않으면 '역시 한 푼도 쓰지 않는구나.'라는 판단부터 한다. 지금까지 만났던 여자들이 다들 그렇게 해왔기 때문이다.

그런데 만약 당신이 이러한 첫 데이트의 규칙을 깨고 저녁 사는 여자가 된다면 어떻게 될까? 남자는 익숙하지 않은 상황에 어리둥절할지도 모른다. 첫 데이트에서 커피 사는 여자는 많아도 밥 사는 여자는 거의 없으니까.

그래서 '한 번 더 만나볼까? 아냐! 또 얻어먹기만 하겠지!'에서 '한 번 더 만나볼까? 그래! 전에 저녁을 얻어먹었으니 이번에는 내가 사야지'로 생각의 전환이 이뤄지고 또 다른 장점을 보여줄 기회를 확보하게 된다.

여자가 밥을 사면 가치가 떨어진다고 착각하는데 남자는 반대로 여자의 가치를 높게 본다.

이처럼 '이건 남자, 저건 여자'라는 규칙을 깨는 것만으로도 자신의 가치를 상승시킬 수 있다. 그렇다면 남자들의 또 다른 규칙들도 한 번 과감하게 깨보도록 하자.

- 여자가 먼저 만나자고 한다.
- 약속 장소에 먼저 와서 기다린다.
- 그 남자에게 모닝콜을 해준다.
- 영화관에 갔을 때, 여자가 영화를 예매하고 남자가 팝콘과 음료수를 산다.
- 진동벨이 울릴 때, 여자가 남자보다 먼저 일어나서 커피를 가지러 간다.
- 남자의 쇼핑백을 들어준다.
- 여행을 가게 될 때, 여자가 숙소를 예약하고 남자가 기타 경비를 지불한다.
- 차가 있다면 남자를 태우러 간다.

연애 초반에는 남자가 '이 여자도 마찬가지다.'라고 생각하는 바람에 그만 만나자고 하는 경우가 많다. 예전에 좋지 않았던 여자와의 추억을 상기시키기 때문이다. 그런데 약간만 다르게 행동해도 이 여자는 뭔가 다를지도 모른다는 안도와 희망을 품게 된다.

'이 여자는 다를 거야.'

그렇게 남자는 행복한 무덤을 파게 되는 것이다.

남자에게 미루다가
자신의 가치를 보여줄 기회를 날려 버릴 수 있다.

Tip
여자가 사랑에 성공하려면 알아야 할 10가지 법칙

1. 남자는 처음에 '외모 7, 마음 3'의 비율로 여자를 판단하다가 사귈수록 '외모 3, 마음 7'의 비율로 판단한다.

2. 진정한 밀고 당기기는 단순히 차갑거나 따뜻하게 대하는 것이 아니라 오늘보다 내일 더 괜찮은 여자가 되는 것이다. '나'라는 존재 자체가 밀고 당기기의 기술로 다가올 때, 남자는 더 큰 욕망을 품는다.

3. 질투심 유발은 여자의 이미지를 훼손한다. 남자의 열등감을 자극해 추한 이미지를 형상화하기 때문이다.

4. 가격이 저렴한 데이트 장소를 여자가 많이 알고 있어야 (남자를) 이끌 수 있다.

5. "괜찮아요?", "알겠어요?", "즐거웠어요?"라고 물을 때 "좋아요."라고 대답한다. 언어는 감정의 조련사다. "좋아요."를 많이 사용할수록 정말 좋아진다.

6. 여자는 잘 받기만 해도 된다. 남자는 주는 것을 더 큰 즐거움으로 여기기 때문이다.

7. 남자와 스킨십을 할 때 자신의 감정을 표현할 줄 아는 여자는 스킨십 테크닉이 화려한 여자보다 치명적이다.

8. 여자가 남자의 영혼을 사로잡기 위해서는 자신의 장점이 아니라 상대방의 장점에 초점을 맞춰야 한다.

9. 스마트 폰은 터치할수록 배터리가 닳지만 사랑은 터치할수록 충전된다.

10. 함께 있을 때에는 상대방에게 집중하고, 떨어져 있을 때에는 자신에게 집중하라. 이것이 성공적인 연애의 비결이다.

자신이 만족할 수 있는 연애가 아니라
남들에게 자랑할 수 있는 연애를 하고 싶은 것은 아닌가?

5장

연애 승(承) 서서히 연락이
끊기는 여자가 되지 마라

연애의 감을 잡아라

연애 경험이 없는 여자에게는 애매한 것이 한두 가지가 아니다. 하루에 전화를 몇 번 해야 하는지조차 애매하다. 이렇게 애매한 것들을 정리하면서 연애의 감을 잡아보자.

일주일에 몇 번 만나야 할까?

만남의 횟수에 대해 정해진 규칙은 없다. 보고 싶을 때 보면 된다. 다만 서로를 배려해서 만나자. 일찍 일을 마치는 날이나 쉬는 날을 선택하고, 늦게 일이 끝나는 날에는 가까운 곳에서 만났다가 일찍 헤어진다. 자주 만날수록 데이트 비용은 서로 분담하고 컨디션에 맞게 데이트 코스를 짜면 부담 없이 만날 수 있다.

단, 서로가 눈치를 보느라 만남이 미뤄지면 안 된다. 특히 연애 초반에는 되도록 자주 만나야 한다.

애정 표현은 어떻게 해야 할까?

꼭 "사랑해."만이 애정 표현은 아니다. "오늘 따라 근사한데!", "역시 너의 선택은 탁월해.", "어제 너랑 통화하니까 시간 가는 줄 모르겠더라.", "그 남자가 아무리 돈이 많아도 너보다는 별로야.", "너랑 있으니까 안 추워.", "다음에도 너랑 함께 오고 싶어.", "너 주차할 때 너무 멋져.", "너랑 함께 사진 찍고 싶어.", "이거 보니까 네 생각이 나더라.", "졸리지만 괜찮아." 등 상황을 기준으로 삼으면 표현은 무궁무진하다.

전화나 문자는 하루에 몇 번 이상 해야 할까?

남자의 일상을 파악해서 한가한 시간에 전화하면 된다. 황금 시간대는 잠들기 전이다. 그런데 밤 10시에서 12시 사이에 남자가 자주 통화하고 있다면 다른 여자와 통화하고 있을 가능성이 높다.

만일 문자를 보냈는데 답이 없거나 보내 놓은 문자의 내용이 불쾌하면 따지기 위해 바로 전화를 거는데 괜히 집착하는 여자처럼 보일 수 있다. 이때에는 '바쁜가 보네.'라고 문자를 보낸 다음, 연락을 기다리다가 (그래도 연락이 없으면) 다시 연락을 한다.

의심스러운 마음이 든다면 연락을 자제한다. 대부분 이때 후회할 전화나 문자를 하기 때문이다.

남자는 애인보다 친구가 더 중요할까?

아직 정말 사랑하는 여자를 만나지 못한 남자라면 친구를 더 중요하게 생각할 수 있다. 그렇지 않은데도 친구가 더 중요하다고 하면 여자를 떨어뜨리려고 하거나 친구들과 놀기 위해서다.

남자는 사랑보다 일이 더 중요할까?

연애 초반에는 애인을, 연애 후반에는 일을 더 중요하게 생각한다. 물론 이 순위는 일정하지 않다. 상황에 따라 오르락내리락 반복하면서 관계를 지속한다. 따라서 더 중요한 여자가 되기 위해 항상 노력해야 한다.

사람이 바뀔 때마다 퍼즐의 그림도 바뀐다. 그의 성향과 상황을 배려해서 행동하면 가장 확실한 행동이 된다. 과거를 거울삼아 상대방을 비추기 때문에 애매한 것이다.

사랑할 때 자신감이 없으면 모든 것이 애매해진다.

화려한 **솔로**는
화려한 **커플**이 될 수 없다

커플이 되면 솔로 때처럼 자기가 하고 싶은 것을 다 할 수 없다. 내 마음대로 하고 싶다면 혼자 지내야 한다.

남자를 사귀면 서로 이해하는 범위 안에서 행동해야 한다. 사랑으로 자신의 사생활을 보장받고 싶은 심리는 이기심에 가깝다. 오히려 사랑하기 때문에 모든 걸 다 이해해줄 수 없다. 예를 들어, 사랑하기 때문에 클럽에 가는 걸 싫어할 수 있다. 사랑하지 않는다면 클럽에 가도 신경 쓸 필요가 없다.

사람마다 기준이 달라서 연인에게 허용할 수 있는 이해의 범위가 달라진다. 남자 A와 사귀면 다른 동성친구를 못 만나고, 남자 B와 사귀면 만날 때를 제외하고는 항상 집에 일찍 들어가야 한다.

이런 부분은 더 사랑하고, 덜 사랑하고의 문제가 아니다. 지극히 주관적인 연애관에 따라 달라질 뿐이다. 다만 자신감이 충만한 남자라면 사귀는 사람의 자유를 좀 더 자상하게 허용해준다. "절대 안 돼!"가 아니라 "10시까지는 집에 들어갔으면 좋겠어."라며 배려한다.

단, 무관심을 너그러움으로 혼동하면 안 된다. "그래! 재미있게 놀고…."라면 무관심이고, "그래! 재미있게 놀고 들어갈 때 꼭 연락하고…."라면 관심이다.

반대로 자신감 없는 남자를 만나면 의심도 많고 구속도 심하다. 당연한 일조차 일일이 해명하게 된다. 이것은 믿음과는 별개다. '믿고, 안 믿고'가 아니라 '되고, 안 되고'의 문제이기 때문이다.

그의 어떤 장점을 사랑한다면 어떤 단점도 수용할 줄 알아야 한다. 그 사람을 선택했기 때문에 짊어져야 할 몫이다. 그게 싫다면 그 사람과 헤어질 수밖에 없다. 그 사람은 그런 사람이기 때문이다.

"난 괜찮은데 자기는?"
한 번만 더 되물어봐 준다면 그는 자상한 남자다.
여자는 자상한 남자를 만나야 좀 더 많은 자유를 만끽할 수 있다.

주변의 **언니들**에게 **속지 마라**

언니('노처녀' 포함)들은 말한다. 연애를 잘 하려면 밀고 당기기를 잘 해야 한다고. 그러나 언니들은 검증되지 않은 정보로 동생들의 연애를 망치기만 했다.

- 일단은 튕긴다. → 남자는 관심이 없는데 튕기면 영원히 아웃(out)이다.
- 일부러 늦게 도착한다. → 기대감을 충족시킬 수 있는 여자라면 상관없다. 아니라면 시간관념도 없고 개념을 상실한 여자라는 낙인이 찍힌다.
- 전화를 나중에 받는다. → '부재 중 전화'를 확인하고도 전화를 걸지 않으면 무딘 여자로 오해받을 수 있다.
- 15분 뒤에 문자를 보낸다. → 15분 뒤에 문자를 보낸다고 해서 없던 가치가 상승될까?

- 스킨십을 쉽게 허락하지 않는다. → 스킨십을 허락한다고 쉬워 보이는 것이 아니라 처음부터 쉬워 보인 것이다.
- 영화관에서 내가 보고 싶은 영화를 고른다. → 이런 경우 필자는 그녀의 취향을 판별할 수 없었다. 그녀가 우긴 영화를 보면서 서로 어울리지 않는다는 사실만 확인했다.
- 절대 먼저 애정을 표현하지 않는다. → 인색한 여자는 남자를 지치게 만들 뿐만 아니라 무능력하게 만든다.
- 만나서는 따뜻하게, 전화로는 쌀쌀맞게. → AB형? 아니면 조울증? 이는 매력이 아니라 병적인 모습으로 보인다.

사랑의 시간이 지난 후에 다시 감정을 싹 틔우는 것은 밀고 당기기의 기술이 아니라 그녀의 발전이었다. 어제보다 오늘 더 괜찮은 여자가 된다면 밀고 당기기는 필요 없다. 그녀 자체가 유효기한이 없는 밀고 당기기의 기술이 되었기 때문이다.

남자를 애타게 하기 위해 거리를 두는 것이 아니라
자기 자신을 찾기 위해 거리를 두는 것이다.

할 일을 하면서 기다려라

기다리는 사랑을 하는 여자가 많다. 그가 군대에서 제대할 때까지, 그가 시험에 합격할 때까지, 그가 결혼할 여건이 될 때까지…. 그래서 여자는 그와의 핑크빛 미래를 꿈꾸며 지금 힘든 것을 이해하고 물심양면으로 지원하면서 기다린다. 오직 그 남자 하나만을 바라보며 많은 것을 포기한다.

하지만 남자는 모른다. 형편이 나아지기 전까지 그녀가 주는 도움을 뿌리칠 수 없어서 (나아질 때까지) 만남을 유지하는 남자도 많다. 마음에 없으면서도 현재 상황이 힘들다며 진심을 숨긴다. 여자는 아는 것인지, 모르는 것인지 "상황이 더 나아지면 우리 …도 하고, …도 하자."라며 오히려 남자를 위로한다. 그러나 여기까지다.

제대한 남자친구는 아직 소중한 것이 무엇인지 잘 몰라서 2년 동안 기다려준 여자친구보다 더 어리고 예쁜 여자에게 너무 쉽게 흔들린다. 시험에 합격한 남자는 그동안 힘들었던 상황을 지울 때 그녀도 함께 지운다. 이제 일을 시작해 정신없고 바쁘다면서 점점 멀어진다.

결혼할 여건이 마련되면 남자는 이왕이면 어리고 수준에 맞는 여자가 더 눈에 들어온다. '여건이 되면'에서 '내년쯤'으로 결혼 날짜를 살짝 당기는 것 같지만 여전히 미지수다.

물론 모든 남자가 자신의 상황이 나아졌다고 기다려준 여자친구를 버리지 않는다. 그렇지만 그녀가 자기(그 남자) 하나만 보고 상황이 나아질 때까지 그대로였다면 그런 그녀를 외면할 수 있다. 따라서 여자는 남자를 기다리더라도 자신을 챙기면서 기다려야 한다.

내가 그를 기다려주면 그가 나를 책임져야 한다는 의무감을 심어줘선 안 된다. 여자에 대한 부담감이 모든 상황을 심각하게 내몰기 때문이다. 그렇게 심각하게 내몰리면 그녀와의 관계를 갑갑하게 느낀다. 그녀에 대한 죄책감에 시달리고 행복하게 해줄 수 없는 자신을 역부족인 사람으로 내몰다 그녀를 더 사랑해줄 것 같은 남자에게 보낸다.

"날 기다려주면 널 영원히 지켜줄게."

필자도 이 말을 했지만 역시 그녀를 떠났다.

기다리더라도 그가 떠날 수도 있다는 마음으로 기다려라. 자신의 할 일을 하면서 말이다. '이런 여자가 나를 기다렸구나!'라는 자부심이 남자를 붙잡는다.

아무리 오래 기다려도 소용없다.
여자가 자신을 기다려줬다는 이유만으로
헤어짐을 보류하는 남자는 없다.

75

그에게
집착하고 있는 걸까?

집착은 면역력이 생기지 않는다. 감기처럼 다시 걸린다. 연애 경험이 많아도 집착에서 자유로워질 수 없다. 정말 사랑하는 사람을 만나면 다시 집착에 빠진다.

사실 어디까지가 집착이고 사랑인지 그 경계선은 희미하다. 저마다 사랑을 해석하는 기준에 따라 달라진다. 다만 경험을 통해서 집착 수위를 판별할 수 있다. 그렇다면 현재 자신의 집착 상태를 점검해보자.

- 그의 연락을 확인하기 위해 수시로 휴대전화를 만지작거린다.
- 아무리 예쁘게 꾸며도 남자친구 앞에서는 못나 보인다고 생각한다.
- 그가 친구를 만난다고 하면 불안해진다.
- 자신이 소중하게 여긴 것들이 초라하게 느껴진다.
- 그의 휴대전화를 점검하고 싶어 한다.
- 그냥 던진 말에도 의미를 부여하고 서운함을 느끼다가 끝내 상처를

받는다.

- 자신과 같은 문자 단어 수, 이모티콘, 애정 표현이 없으면 뭔가 찜 찜하다.
- 하루에 최소 5통 이상 전화해야 마음이 놓인다.
- 잠을 잘 때도 휴대전화를 베게 옆에 놔둔다.
- 그와 통화하지 못하면 쉽게 잘 수 없다.
- 그와 조금만 문제가 생기면 아무 일도 할 수 없다.
- 그의 일거수일투족이 의심스럽다.
- 그가 내 곁에 없으면 불안하다.
- 주변의 모든 사람이 그는 아니라고 하지만 헤어지지 못한다.
- 자기 자신을 잃어버린다.

0개~5개 정도 해당되면 '사랑', 10~15개 정도는 '집착', 이런 식으로 판단이 가능할까? 그러면 좋겠지만 이 중 1개라도 해당되어 상대방을 고통스럽게 압박한다면 그것이 바로 '집착'이다. 사랑이냐, 집착이냐의 평가는 내가 아닌 상대방의 권한이기 때문이다.

이렇게 점검을 평계로 집착의 태도를 나열한 이유는 집착의 공통점을 말하고 싶어서다. 집착의 공통점은 사랑에 대한 자신감 부족, 믿음의 결여, 주체성 상실이다. 이런 사람은 자기다운 모습으로 상대방에게 어필하지 못한다. 질질 끌려 다니다 제풀에 포기한다. 지나친 집착으로 상대방을 질려 버리게 만들기도 한다.

사랑에 빠지면 누구라도 어느 정도의 집착에 빠진다. 그래도 자기 자신을 잃어버려서는 안 된다. 스스로 관계의 중심을 잡아야 주체성 있게 사랑을 유지할 수 있기 때문이다.

집착에 빠져도 숨기고 다른 일을 통해 집착을 분산시켜라. 더 나은 내가 되기 위해 노력할 때 집착을 망각할 수 있다. 단, 그의 마음이 식으면 자신의 정당한 요구조차 집착이 된다. 자신이 어떻게 해도 집착하는 여자가 될 수밖에 없는 것이다.

집착은 더 사랑하는 사람이
덜 사랑하는 사람과의 균형을 맞추기 위한 노력이다.
그래서 집착을 버리기 어렵다.

어장관리의 함정

어장관리는 여자가 확실히 유리하다. 초반에는 데이트 비용을 전적으로 남자에게 부담시켜도 되고, 거리를 둬도 남자가 쫓아오기 때문이다. 즉, 사귀지 않고도 관계가 유지될 수 있다. 여자들 대부분이 어장관리를 하는 목적은 좀 더 괜찮은 남자와 사귀기 위해서다. 그렇지만 어장관리를 할수록 판단은 쉽게 서지 않는다.

A. 직업은 좋지만 외모가 떨어진다.

B. 외모는 훌륭하지만 직업이 안정적이지 못하다.

C. 남 주기에는 아깝고 나한테는 부족하다.

남자 3명을 두고서도 선택할 수 없는 아이러니에 빠진다. 왜 그런 것일까? A, B, C에게 자신의 외로움을 적당히 나눠주고 자신이 아직 건재하다는 사실을 증명하기 위해 어장관리라는 이름으로 사랑을 보류하고 있었던 것이다.

사실 어장관리 자체에 대해 옳고 그름을 판단할 수 없다. 자신이 선택한 그 사람이 평생의 반려자가 될 수 있으므로 능력만 된다면 여러 명을 동시에 만나볼 수도 있다. 그래도 지킬 건 지킬 줄 알아야 한다.

A뿐만 아니라 B, C가 있다고 해서 A를 무시해서는 안 된다. 누군가 당신을 좋아한다고 해서 당신에게 함부로 대할 수 있는 권리가 주어지는 것은 아니다.

또한 어장 안에서만 비교하지 마라. A가 B보다 돈이 많다고 해서 괜찮은 남자가 될 수 없다. 이것이 어장관리의 오류다. 어장관리가 비교의 폭을 더 좁혀 놓기 때문이다.

사귀기 전의 비교는 장점과 장점 간의 비교로 끝난다. 대부분 'A는 B보다 조건이 뛰어나고…', 'B는 A보다 외모가 뛰어나고…'와 같은 식이다.

단점과 단점을 비교해야 괜찮은 남자를 선택할 수 있는데 그러기 위해서는 결국 한 명씩 오래 사귀는 수밖에 없다. 그러면서 남자의 단점을 알아가고 수용할 수 있는 단점을 가진 남자와 결혼하는 것이다.

상대방의 단점을 모르면 성숙한 관계를 유지할 수 없다. 한쪽 발만 담그고 있으면 언제든 발을 뺄 수 있다. 하지만 얼마나 깊은지는 두 발로 걸어 들어가야만 알 수 있다.

> 어항에 물고기가 많으면 금방 물이 더러워져
> 물고기가 제대로 보이지 않는다.

사랑은 **확인할수록** 멀어진다

연애 경험이 부족한 여자는 잘못된 방법으로 사랑을 확인하려고 한다. 그래서 사랑을 확인하려다 사랑에 의문을 품을 수 있다. 특히 다음과 같은 사랑의 확인법은 위험하다.

- "지금 당장 집 앞으로 달려와!" 앞뒤 사정 분간하지 않고 무조건 집 앞으로 달려와야 당신을 사랑하는 것은 아니다. 사랑의 진정성은 당신이 아니라 감정에 대한 충실함에 있다.

- 당신이 늦게 와도 아무 말을 하지 않고 묵묵히 기다리는 인내심이 사랑의 증거가 될 수 없다. 몇 시간 기다리는 것으로 사랑을 환산하려는 자체가 무의미하다. 사랑이 아니라 다른 목적 때문에 밤새도록 기다릴 수도 있는 문제니까.

- 사랑한다면 비밀 번호를 공유할 수 있다고? 비밀 번호 속에 사랑을 가둬두고 싶다면 그렇게 해도 된다.

- "자기야, 나 루이비통 가방 사줘!" 비싼 선물이 자신을 아끼는 증거라고 생각하면 큰 오산이다. 남자는 나를 아끼니까 비싼 선물을 사달라고 하지 않을 것으로 생각하기 때문이다. 그래서 서로의 사랑을 확인하려다 멀어지는 커플이 많다.

- '나를 정말 사랑한다면 손만 잡고 자겠지.' 당신을 정말 사랑하기 때문에 손만 잡고 잘 수 없을지도 모른다. 사랑은 당신이 원하는 모습으로만 나타나지 않는다.

- 사내 연애 사실을 공표하여 사랑을 확인하려는 것은 무리수다. 둘 사이가 불편해지거나 괜한 소문에 휩싸여 사랑이 위협받는다.

- "우리 헤어져." 붙잡아 줄 것을 미리 계산하고 이별 선언을 했지만 그렇게 잃어버린 믿음은 쉽게 회복되지 않는다. 언젠가는 헤어질 마음으로 당신과 사귈지도 모른다.

사랑을 확인하는 여자는 그를 보낼 준비를 하는 여자다. 사랑이 식으면 언제든 보낼 수 있도록 마음을 정리하기 위해서 사랑을 확인한다. 그래서 사랑을 확인하는 여자일수록 금방 떠나간다. 미련을 떨치고 좀 더 편한 마음으로 떠나기 위해 사랑을 확인하는 것이기 때문이다.

그의 사랑을 확인하고 싶어서가 아니라
자신의 사랑이 흔들릴 것 같아 사랑을 확인하는지도 모른다.
그가 아닌 스스로를 붙잡고 싶은 마음에서 말이다.

맛있는 **남자 요리법**

남자를 다룰 줄 아는 여자는 속을 태우지 않는다. 약한 불로도 남자를 요리할 줄 알기 때문이다.

어차피 남자는 쉽게 바뀌지 않는다. 괜한 자존심까지 건들지 마라. 남자는 금방 타기 때문에 약한 불로 빨리 요리해야 한다.

- 하는 일에 대해 "네가 하는 일은 돈이 안 되는 일이야.", 부모에 대해 "네 부모님은 왜 그러시니?"라는 말은 하지 마라. 일과 부모, 이 2가지는 무슨 일이 있어도 건들면 안 된다.
- 화가 날수록 더 예쁘게 꾸미고 나가라. 여자는 꾸미면서 마음이 진정되며 남자는 그 모습을 보면서 마음이 진정된다.
- "말이 맞는지 검색해볼게!" 말이 미심쩍어도 앞에서 확인하지 마라. 사소한 의문을 해결하려다 믿음에 금이 간다.
- 애교부터 떨면 안 된다. 진지하게 사과한 다음, 애교를 발산해야 올

바른 순서다.

• "너 언제까지 취업 준비만 할 거야?" 요즘 그에게 불만이 많다고 해서 민감한 부분을 건들면 안 된다. 그동안 참았던 울분과 함께 당신까지 토해내 버릴지도 모른다.

• 이쯤에서 돌아서면 그가 붙잡아 줄 것 같은가? 남자는 붙잡는 순간까지도 망설인다.

• "내가 너랑 만나준 걸 고맙게 생각해. 이제 정말 네 얼굴도 보기 싫어." 정말 헤어질 마음이 아니라면 상처 주는 말은 하지 마라. 이런 말로 받은 상처는 회복이 불가능하다.

사랑하기 때문에 별일도 아닌 일로 다투게 된다. 별일도 아닌 일에 내 큰 사랑을 담았기 때문이다. 그래서 다른 사람에게는 별일도 아닌 일이 내게는 큰일이 되는 것이다.

사랑하면 누구나 싸운다. 오히려 티격태격 다투면서 친해진다. 싸운다고 해서 누구나 사랑하는 사람에게 상처를 주는 것은 아니다.

남자는 싸워서가 아니라
헤어지기 위해서 싸웠기 때문에 헤어지는 것이다.

79

남자는 **열등감** 때문에 스스로 **무너진다**

차 없는 남자는 차와 관련된 이야기에 민감하다.

"내 친구 남친은 능력도 없으면서 벤츠를 몰아."

남자에게는 중고차도 없는 자신을 비꼬는 말로 들린다. 이처럼 의도와 달리 남자의 자존심을 상하게 하는 말들이 있다. 그렇다면 주로 어떤 말들이 남자의 자존심을 건드릴까?

- "작년에 뉴욕에 다녀왔어요. 한국은 너무 지겨워요. 저에게는 뉴요커의 피가 흐르는 것 같아요."

  → 뉴욕 한 번 갔었다고 뉴요커가 된 허황된 여자로 보일 수 있다.

- (옷에 물을 흘리자) "어! 이거 ○○에서 산 옷인데…."

  → 겉에 브랜드 로고가 없는데 스스로 브랜드 이름을 흘리는 허영심 많은 여자로 비춰진다.

- "요즘은 다들 연봉이 최소 5,000은 넘지 않나요?"

→ 그의 수준을 모르는 상태에서 좁은 식견으로 평균을 산술하면 안 된다.

• "부모님은 뭐 하셔?"

→ 남자는 부모의 지원을 받고 있어도 스스로를 독립적 주체로 여긴다. 그래서 예상치 못한 반감을 살 수 있다.

• "혹시 바람둥이 아니세요?"

→ 도둑이 제발 저려서가 아니라 진정성 있는 행위에 대한 간접적 부정이기 때문에 자존심에 상처를 입을 수 있다. 바람둥이라는 판단은 추측으로 머물러 있어야 한다.

우리는 자신도 모르게 누군가에게 상처를 주고, 또 상처를 받으며 살아간다. 상황은 서로의 관점에 따라 다르게 해석된다.

그런 의도가 아니었는데 얼마나 많은 시간 그와 다퉜던가! 어떤 말을 하기 전에 상대방의 입장을 먼저 헤아려 보도록 하자. 서로의 입장에 따라 단어 하나에도 민감하게 반응할 수 있기 때문이다.

그냥 그렇다.
조건이 아닌 온전한 나를만 바라봐주기를….
세상은 비록 나를 알아주지 못했지만 어쩌면 그녀만은
내가 누구인지 알아봐줄 수 있을지도 모르니까.

80

고독의 시간을 즐겨라

인간은 혼자 있든, 함께 있든 고독을 피할 수 없다. 자기만의 주관과 영역이 존재하는 이상 인간에게 고독은 숙명이다.

통찰력 있고, 의식이 깨어 있을수록 사람들과 함께 하기 어렵다. 사람들과 함께 하는 시간이 무의미하다는 것을 자각할 수 있기 때문이다. 그저 먹고 마시거나 소모적인 대화로 시간을 낭비하는 만남이라면 차라리 혼자 있는 것이 더 낫다고 생각하게 된다.

앞으로는 고독의 시대가 올 것이다(이미 왔을지도 모르겠다). 스마트폰의 영향으로 사람들의 의식수준이 향상되고 자극에 길들여져 있기 때문에 단순히 술을 좋아해서 나가는 것이 아니라면 사람들과 만나는 것에 흥미가 떨어지기 때문이다.

월세의 부담 때문에 사람(손님)을 돈으로 보는 가게가 많은 거리로 나가봤자 별로 할 것도 없고 그동안 너무 오른 물가 때문에 한 번 나가면 많은 돈이 든다. 따라서 앞으로는 누구나 고독을 대비해야 한다.

특히 한국은 연애의 기회가 적고, 모르는 사람들과 쉽게 어울리지 못하는 분위기여서 어떤 수준과 연령이 되면 혼자 있는 시간이 많아질 수밖에 없다. 그렇다면 다가올 고독의 시대를 대비해서 우리는 어떻게 혼자 있는 시간을 보내야 할까?

- 독서와 사색 등을 통해 내면을 키우자. 그러면 왜 자신이 고독한 시간을 보낼 수밖에 없는지를 알게 된다. 백조는 절대로 까마귀와 어울릴 수 없다. 외로움 때문에 잠깐 그들과 타협할 뿐이다.
- 저급한 취향의 사람들과 어울려 비참해지는 것보다 차라리 고독을 선택하라.
- 고독해서가 아니라 고독할 시간을 잃어버릴 때, 인간의 성장은 멈춘다.
- 성장할수록 사람들과 멀어질 수밖에 없다는 진실을 외면하지 마라. 사람들 대부분은 외면적인 즐거움을 추구하는 반면, 영적 성장을 추구하는 사람은 내면의 즐거움을 추구하기 때문이다.
- 자유는 창살 안에 존재한다. 혼자 있는 시간을 계획성 있게 보내고 스스로를 구속해야 혼자 있는 자유로움을 만끽할 수 있다. 따라서 시간을 정해두고 의미 있는 일과를 보내도록 하자.
- 괴테, 셰익스피어, 노자, 모차르트, 쇼펜하우어, 고흐 등 죽은 사람들과 친구로 지내자. 이들은 끝까지 당신을 배반하지 않는 고독의 위안이 되어줄 것이다.

고독은 서로가 함께 할 때에도 찾아온다. 상대방보다 자신이 더 사랭해도, 상대방에게 의지할 때에도, 서로의 취향이 달라도 혼자일 때와 마찬가지로 고독하다. 어디서든, 누구와 함께든 인간은 결국 혼자 남는다. 그러니 고독을 즐길 수밖에 없다.

> 당신은 당신의 고독을 사랑하고, 당신에게 부딪쳐 오는 고통을 아름다운 음조로 참고 견디십시오. 당신의 이웃이 멀어진다면 당신의 영역은 이미 별자리에까지 이르도록 넓어지고 커진 것입니다. 그러니 누구와도 함께 갈 수 없는 당신의 성장을 기뻐하십시오.
> ── 라이너 마리아 릴케(시인)

81

남자의 **관점**

같은 그림을 보고 있어도 남자와 여자의 관점은 다르다. 남자는 그림만 보지만 여자는 물감의 재질이나 촉감, 액자의 원산지까지 살펴본다. 이렇게 서로 각기 다른 관점이 남녀관계의 불화를 조성하기도한다.

여자가 지금 뭐하는지 전화로 물었을 때 남자들 대부분은 "친구들하고 있어. 있다가 연락할게."라고 대답한다. 남자 입장에서는 충분한 상황 설명이지만 여자에게는 불충분하다. 여자를 만족시키기 위해서는 "친구 ○○랑 가로수 길 근처에서 맥주 한 잔 하고 있어. 아마 10시쯤 헤어질 것 같으니까 그때 내가 다시 연락할게."라고 좀 더 구체적으로 설명해야 한다. 그러면 그 여자는 10시까지 편하게 시간을 보낼수 있다.

남자에게 잘 보이기 위해서 오랜만에 헤어스타일, 귀걸이에 향수까지 바꿨다. 하지만 그 남자는 변화를 감지하지 못했고 바꾼 것에 대해 아무런 말이 없다. 헤어지는 순간까지 그는 무심했다. 그녀는 무척 속이 상하고 미워지기 시작했다.

그렇지만 이게 바로 남자다. 간혹 세심하게 챙겨주는 남자도 있지만 그런 남자는 드물다. 남자들 대부분은 만남 자체에만 큰 비중을 둘뿐, 그녀가 어떤 모습으로 나타났는지 상세히 관찰하지 않는다.

이건 사랑이 부족해서도 무신경해서도 아니다. 남자의 관점이 그렇기 때문이다. 즉, 당신에게 보이는 것이 그에게는 보이지 않는 것이다. 이런 남자를 이해할 줄 알아야 남녀관계의 오해를 줄일 수 있다.

(필자가 아는) 그녀는 여자의 관점으로 필자를 발견했다. 필자조차 의식하지 못했던 부분에 대해 말해주기 시작했다.

"자기야, 오늘 헤어스타일 참 예쁘다.", "자기가 이렇게 젓가락질을 할 때 너무 귀여운 거 있지.", "자기야, 등 뒤에 실밥! 내가 떼줄게.", "어! 이건 자기가 좋아하는 반찬이네.", "자기 어제 라면 먹고 잤구나?"

그래서 필자는 그녀와 있을 때마다 친밀해질 수 있었다. 마치 잃어버린 조각을 찾아가듯 그렇게 그녀는 필자를 완성시켜줬다.

똑같이 봤지만 누구는 트집 잡을 것에 활용하고, 누구는 잃어버린 반쪽을 찾아주는 것에 활용한다. 필자는 그녀를 통해 새로운 자아를 완성할 수 있었다. 그녀는 남자(필자)와 하나가 되는 방법을 알고 있었던 것이다.

무신경도 사랑의 한 방편이다.
어렸을 때, 엄마가 잘 모르기 때문에 덜 간섭받게 되고
그런 엄마를 더 사랑하게 되었을지도 모른다.

여자가 **사랑**을 **강조**하는 작은 풍경

남자가 경험하는 최초의 사랑은 '보살핌'이다. 엄마는 자녀가 성장할 때까지 사랑으로 보살펴준다.

사랑하는 남자에게 잘해주고 싶은데 어떻게 해주는 것이 잘해주는 것인지 막연할 때가 있다. 이때는 그를 보살펴주면 된다. 여자의 보살핌은 남자가 본능적으로 기대하는 사랑이다.

다음의 그녀와 같이 잘 보살펴만 줘도 충분히 자신의 사랑을 강조할 수 있다.

- 그녀는 그늘에 가려진 내 웃음을 알고는 관심 있게 물었다. "너 정말 괜찮아서 웃는 거야?"
- 그녀는 양치질을 하고 나올 때, 내 칫솔에다 치약을 귀엽게 짜두었다.
- 그녀는 숟가락, 젓가락을 한 번 더 닦아 주었다.
- 그녀는 나의 안경을 깨끗하게 닦아 주었다.

- 그녀는 앱으로 귀여운 그림을 그려 내게 선물해주었다.

- 그녀는 나를 대신해 할인 쿠폰을, 핑크 카드의 도장을 받아 주었다.

- 그녀는 자신의 목도리를 내 목에 감싸주었다.

- 그녀는 커피를 마시며 작업하는 나를 위해 텀블러를 선물해줬다.

- 그녀는 내가 벗어둔 잠바를 옷걸이에 걸어 두었다.

- 그녀는 내가 또 라면을 먹지 않았는지 다그쳤다. "너 또 라면 먹었지? 저녁에는 꼭 밥 먹자."

- "어! 자기가 좋아하는 노래 나온다." 그녀는 나의 기호를 확인시켜 주었다.

- 그녀는 자신의 단골 네일 매장에 나를 데리고 가서 손톱 손질을 시켜줬다.

- 그녀는 내게 음료수를 건넬 때 항상 빨대를 꽂아줬다.

- 추운 겨울, 그녀는 내 손에 핸드크림을 듬뿍 발라줬다.

- 그녀는 수시로 내 상태를 점검했다. "자기 배 안 고파?", "춥지 않아?", "내일 일찍 일어나?"

큰 사랑을 하는 사람만이 사소한 무언가를 해주는 능력을 갖게 된다. 큰 선물이 아니라 작지만 사소한 무언가를 해줄 수 있을 때 진정한 사랑의 능력자가 된다. 이러한 사소한 행위들을 무시하지 마라.

이미 어른이 된 우리에게 보살핌이란 사랑의 특혜나 다름없다. 비록 사소하지만 그 사람은 내게 무언가를 해줄 수 있고, 그 사람은 조금씩 내게 없어서는 안 될 소중한 존재가 되어 간다.

"넥타이 하나만은 당신이 최고란 말이야!"

그녀는 늘 넥타이 매는 것에 서툰 남자에게 있어서는 최고의 여자인 것이다.

남자는 온종일 그녀 생각만 하지 않는다.
문득 생각한다.
그래서 여자는 남자의 일상 속에
자신만의 흔적을 남겨 둘 필요성이 있다.

83

결혼 직진, 하지 마라

우리나라에서 여자는 점점 나이가 들수록 자신감을 잃는다. 좋아서 선택한 직장이 아니라 일도 즐겁지 않다. 그냥 적당히 조건 좋은 사람을 만나 빨리 시집이나 가려고도 한다.

나이가 신경 쓰여 연애를 오래 하면 안 된다고 생각해 결혼할 생각이 없는 남자와는 빨리 헤어지려고 한다. 그래서 사귄 지 얼마 되지도 않았는데 결혼 이야기부터 꺼내는 여자가 의외로 많다. 예전 같았으면 만나주지도 않았을 남자에게까지 말이다.

자신이 약해지면 악연이 찾아온다. 아쉬움이 클수록 상대방을 제대로 볼 수 없기 때문이다.

결혼은 직진해서는 안 된다. 결혼이 급하다고 서두르면 주변 사람들에게 휘둘리게 된다. "직업이 좋네.", "남자는 다 똑같아.", "더 늦어지기 전에 시집 가.", "외모보다는 능력이야.", "부모님이 좋아하실 거야." 등을 들으면 흔들린다.

이런 무책임한 말에 넘어가면 상대방을 바로 분별할 수 없을 뿐만 아니라 단순히 남들에게 보이기 위한 결혼으로 이어진다.

결혼을 급하게 서두르면 서로가 서로를 사랑으로 이해하는 범위가 아니라 조건으로 사랑을 가늠하고 준비하게 된다. 즉, 결혼이라는 목적을 향해 무작정 달리는 것이다. 그렇게 되면 결혼을 목적으로 서로를 맞춰줄 수밖에 없다. 결혼을 해야 하니까, 결혼이 아쉬우니까 연애 때라면 참을 수 없었던 것들까지 묵묵히 참고 그냥 넘긴다.

상대방의 성격, 자신과 맞지 않는 취향, 시간이 갈수록 드러나는 단점, 무리한 요구를 하는 상대방의 가족 등에 대해 결혼이 급하다는 이유만으로 넘기면 자기 자신은 파멸하고 영원히 후회할 짓을 저지른 꼴이 된다.

아무리 결혼이 급해도 그냥 넘기면 안 되는 것들이 존재한다. 바로 성격, 취향, 이상, 어른들을 대하는 태도, 배려, 이해, 음주 습관, 돈 씀씀이 등이다. 배우자를 보는 눈이 높고 까다로워서가 아니라 스스로 중요하게 여겨야 하는 부분인 것이다.

제대로 알지도 못하는데 "결혼하고 싶으면 눈을 낮춰."라는 그저 생각 없는 사람들의 의견 따위는 따를 필요가 없다. 자신이 인생에서 중요하게 여기는 가치를 결혼이란 목적 때문에 결코 포기하지 마라. 만약 자신이 '결혼 직진'을 하고 있다면 다음 3가지를 반드시 고려하길 바란다.

첫째, 자신과 사랑하는 사람들을 속여야 성사되는 결혼인가?

둘째, 함께 있을 때 마음이 편한 사람인가?

셋째, 사람들에게 물어야 결혼을 확신할 수 있는 사람인가?

이 정직한 질문에 대답할 수 없다면 결혼은 빨간불이다. 이미 자신도 이 사람과 결혼하면 안 된다는 사실을 알고 있으면서도 뭔가에 홀려 결혼까지 가려고 하기 때문이다.

지금까지 결혼이 급해 직진했다면 여기서 잠깐 멈추는 것은 어떨까?

여자에게 가장 위험한 결혼이란, 자신이 못나 보이고 더 이상 괜찮은 남자를 만날 수 없을 것 같다는 두려움에 선택하는 결혼이다.

연애를 오랫동안 유지하기
위한 10가지 법칙

1. 사랑과 기분을 혼동하지 마라. 오늘은 사랑하지 않아서가 아니라 기분이 안 좋았을 뿐이다. 자꾸만 추궁할수록 관계는 피곤해진다.

2. 남자는 여자에서 한결 같은 이미지가 아니라 다양한 이미지를 기대한다. 한 여자와 여러 번 사랑에 빠지고 싶어 하는 것이다.

3. '만약 나랑 헤어지면 어떻게 할 건데?' 이런 질문이 정말 헤어질 생각을 품게 만든다.

4. 누구에게나 권태기가 오지 않는다. 처음과 별반 달라질 것 없는 여자에게나 권태기가 오는 것이다.

5. 무조건 상대방이 원하는 것을 해주면 그 사랑은 오래가지 못한다. 하지만 자신이 원하는 범위 안에서 상대방에게 맞추면 그 사랑은 오래갈 수 있다.

6. 그의 가치를 알아봐줄 때, 그녀는 그를 알아보는 유일한 한 여자가 된다.

7. 데이트가 그저 먹고 마시는 일정으로 끝나서는 안 된다. 뭔가 의미 있는 시간을 보낼 수 있도록 창조성을 발휘해야 한다. 고심해서 고른 영화라면 평범한 영화관도 특별한 장소가 될 수 있다. 자신의 분별력이 반영된 공간이기 때문이다.

8. (나를) 다른 남자들도 탐낸다는 두려움을 심어줄 때 관계는 긴장된다. 그때 상대방은 자신도 성장하기 위해 노력한다. 이내 둘의 관계는 서로가 자극을 주고받으면서 성장하는 관계로 특별해질 수 있다.

9. 조건보다 중요한 건 취향이다. 서로의 취향을 고려하지 않은 관계는 모든 시간을 무료하게 채색한다.

10. 영원한 사랑은 무지에서 비롯된 수식어다. 영원히 사랑해도 자신은 퇴색되어 있다면? 따라서 영원한 사랑을 추구하기보다 지혜로운 사랑, 발전적인 사랑을 추구할 때 자신이 원하는 것만큼의 사랑을 보장받으며 그 사랑이 끝나도 후회가 없다.

사랑도 생명이다.
그래서 변화하고 발전하지 않는다면
죽는다는 사실을 알고 있는가?

6장

연애 전(轉)

특별한 기억을 만들어라

84
남자의 로망은
들어주기 쉽다

연애할 때 남자의 로망은 의외로 유치하다. 모태 솔로라도 여자친구가 자신에게 그렇게 해주면 좋겠다고 바라는 것들이 거의 정해져 있다. 그런 남자의 로망에 대해서 알아보자.

- 그녀가 나를 위해 정성 들여 뭔가를 손수 만들어주는 것.
- 술자리에서 술값이 너무 많이 나올 것 같으면 친구들 몰래 자기 카드를 살짝 건네는 것.
- 남자가 힘들어 하고 있을 때, 호탕하게 말한다. "야! 나와! 이 누나가 한 잔 거하게 쏠게!"라며 한 번쯤 기댈 수 있는 언덕이 되어 주는 것.
- 그녀가 만들어준 사랑의 도시락을 사진으로 찍어 친구들에게 자랑하는 것.
- 함께 버스 맨 뒷좌석에 앉아서 자기가 잘 알고 있는 버스 노선 한

바퀴를 구경하는 것.

- 학교 식당에서 밥을 먹고 자판기 커피를 마신 다음, 벤치에 앉아 수다를 떠는 것.
- 커플 운동화를 신고 놀이동산에 가서 놀이기구를 타는 것.
- 친구들과 함께 만날 때, 그녀가 너무 예쁘게 꾸미고 나타나서 친구들이 함성을 지르는 것.
- 공공장소에서 사람들이 안 볼 때 몰래 뽀뽀해 보는 것.
- 지갑에 잘 나온 그녀의 상반신 사진을 넣고 다니는 것.
- 개강 전에 그녀가 직접 고른 필기구가 담긴 필통을 선물 받는 것.
- 카카오톡 프로필에 함께 찍은 사진과 '자기야, 사랑해.'라는 메시지를 설정해두는 것.
- 편한 차림으로 익숙한 동네 근처에서 만나 산책하는 것.
- 은근슬쩍 좋아하는 속옷 색상을 흘렸는데 그대로 입고 와주는 것.
- 먹기 좋은 크기로 고기쌈을 싸서 남자 입에 넣어 주는 것.
- 빨간불에 차가 설 때마다 그의 볼에 뽀뽀해주는 것.
- 퇴근 후에 만났는데 피곤할 것 같다며 안마를 해주는 것.
- 직접 야채와 과일을 갈아서 건강 음료를 챙겨주는 것.
- 내가 즐겨 하는 게임의 커플 캐릭터가 되어주는 것.
- 내 손에 정성껏 핸드크림을 발라주는 것.

남자의 로망은 소박하다. 그런데도 남자는 자신의 로망을 여자에게 말할 수 없다. 여자에게 맞춰주느라 잊어 버렸기 때문이다.

이제부터 당신이 남자의 로망을 구체적으로 기억나게 해주는 것은 어떨까? 지금 당신과의 사랑이 그렇게 꿈꿔왔던 사랑이었음을 잊지 않도록 말이다.

꿈같은 사랑은 멀리 하늘 위에 있지 않다.
사소한 로망이 실현될 때 꿈같은 사랑을 경험하게 된다.

85

여자의 감동이
남자를 감동시킨다

"우리 여기 갈래?"라는 질문에 대한 반응은 여자의 나이에 따라 다소 달라진다.

- 나이 어린 여자: (신나는 표정으로) 정말?
- 나이 많은 여자: (의아한 표정으로) 정말?

나이 어린 여자는 꼭 가고 싶어서 되묻고, 나이 많은 여자는 꼭 가야겠냐고 되묻는다. 이처럼 남자가 나이 많은 여자를 꺼리는 가장 큰 이유 중의 하나는 감흥이 무뎌 있기 때문이다. 뭔가를 해줘도 반응이 없다. 감동적인 순간도 세속적인 가치로 환산한다. 또한 더 나은 것을 떠올리며 비교한다. 그럴수록 함께 하는 즐거움은 제한된다. 무미건조한 데이트가 이어질수록 역부족인 사람처럼 여겨진다.

이와는 반대로 만나면 즐거운 여자가 있다. 바로 감흥이 살아있는 여자다. 빨간 머리 앤처럼 두 눈을 크게 뜨고 힘껏 두 손을 모으며 감동을 온몸으로 표현한다(감흥을 냉동 보관하고 있는 여자라면 〈빨간 머리 앤〉을 꼭 한 번 감상하길 바란다).

"오빠, 정말 맛있어요! 이것도 먹어 봐요."

"오빠 차가 가장 편해요!"

"정말 낭만적인 장소예요!"

"너무 맛있게 잘 먹었어요!"

이처럼 여자는 반응으로 분위기를 장식할 수 있다. 남자는 여자의 밝음에 즐거워한다. 또한 즐거워하는 모습에서 행복을 찾는다.

아직 필자의 기억 속에 머물고 있는 그녀는 틈나는 대로 하늘을 올려다보았다.

"오늘 하늘이 너무 아름답지 않니?"

필자도 덩달아 하늘과 친한 척을 하게 되었는데, 그동안 하늘을 왜 모른 척하고 살았는지 싶었다. 같은 장소에서 올려다본 하늘이었지만 정말 그때와는 사뭇 다른 느낌이었다. 그녀의 감흥이 필자에게 하늘을 가르쳐준 것이었다.

여자의 감흥은 늘 똑같은 데이트 코스라도 새롭게 채색한다.
반응하는 여자는 새 옷이 많이 필요 없다.

86
검색하지 말고
상대방에게 **집중**하라

사랑하는 사람에게 선물하는 이유는 마음을 전하기 위해서다. 그래서 선물할 때 고민이 많아진다. 선물의 의미에 따라 마음이 달라질 수 있기 때문이다.

가장 이상적인 선물은 상대방과 관련된 선물이다. 그런 선물을 하기 위해서는 평소 상대방을 유심히 살펴봐야 한다.

그가 추위를 잘 타는지, 입술은 자주 트는지, 서서 일하기 때문에 다리는 안 아픈지, 수염이 빨리 자라는지, 구두 굽을 갈아야 하는지, 오래된 안경을 쓰고 다니는지, 니트에 보풀이 많은지, 지갑의 모서리가 닳았는지 등이 하나의 예라고 할 수 있다.

가깝기 때문에 당신만이 침범할 수 있는 거리에서 내 마음이 다가갈 특혜를 찾는 것이다.

필자가 상대방의 심리를 알 수 있는 이유도 평소 독서로 단련된 집중력 때문이다. 인간은 집중할 때 눈빛부터 달라지며 시간과 공간까지

초월한다. 그때 상대방과 공감하면서 마치 상대방을 자기 자신처럼 느끼게 된다. 그렇게 집중하면서 상대방과 하나가 될 수 있는 것이다.

글을 쓰는 직업인 필자는 예전에 나무 샤프와 쇼팽 CD를 선물 받은 적이 있었다. 그 선물에서 그녀의 특별한 마음을 느낄 수 있었다.

그녀는 '남자들이 좋아할 만한 선물 목록'에서 필자의 선물을 고른 게 아니라 '나(필자)라는 사람의 목록'에서 이상적인 선물을 골랐던 것이다. 선물의 마침표 역할을 할 수 있는 편지 내용도 무척이나 인상 깊었다.

넌 매번 샤프로 글을 쓰더라. 그래서 일부러 나무 샤프를 샀어. 나무는 사람의 온기를 머금잖아. 독자들에게도 네 따뜻한 마음이 전해질 수 있을 거야.

그리고 글 쓰는 일은 혼자서 해야만 하는 고독한 일이잖아. 그럴 땐 이 음악과 함께 해. 나처럼 방해만 하지는 않을 거야. 그래도 내가 항상 옆에 있다고 생각하기다.

이제는 그녀와 헤어졌지만 필자는 아직도 그때 받은 선물을 잊지 못한다. 아니 지금도 그 음악을 들으며 그 샤프로 글을 쓰고 있다. 그건 그녀만의 유일하고 특별한 혜택이니까.

남자가 받고 싶은 선물은 일상에서 평범하고 소박한 얼굴로 요구한다. 조금만 그를 관심 있게 지켜보면 해줄 것들이 넘쳐나고 쉽게 구할 수 있어서 가격에 대한 부담도 없다.

꼭 남자에게 뭔가를 주는 선물만이 여자의 선물은 아니다. 남자에게 해줄 수 있는 기쁨을 선물할 줄도 알아야 한다. "자기야, 나 샤넬 가방 갖고 싶어."가 아니라 "나 갑자기 막대 사탕이 먹고 싶어."처럼 말이다. 그러면 남자는 여자에게 망설이지 않고 또한 기다리지 않고 뭔가를 해주는 남자가 된다. 비록 지금 당장 돈이 없어도 충만한 사랑을 할 수 있는 그런 능력자가 되는 것이다. 바로 당신이라는 여자의 넉넉한 마음으로 인해서 말이다.

돈이 많아서가 아니라 상대방을 위하는 마음이 깊을 때, 사랑의 부자가 된다. 사소하지만 상대방을 위해 해줄 것이 많기 때문이다. 지금 연인이 없다면 가족에게 집중하는 것은 어떨까? 우리는 엄마, 아빠가 뭘 좋아하는지조차 모르며 살기도 한다. 그래서 어버이날에 자기가 좋아하는 맛집으로 모시는 것이다.

밸런타인데이 초콜릿만
사지 마라

남자가 밸런타인데이를 기다리는 이유는 다음의 3가지 기대감 때문이다.

첫째, 누군가 나에게 사랑을 고백하지 않을까?

둘째, 그녀는 나에게 어떤 선물을 줄까?

셋째, 밸런타인데이를 빌미로 내 욕망을 해결할 수 있을까?

밸런타인데이가 초콜릿을 주는 날이라도 정작 남자의 머릿속에는 초콜릿이 존재하지 않는다. 만약 그녀에게 초콜릿만 받게 되면 남자는 겉으로는 좋아하는 척 하겠지만 속으로는 실망한다. 따라서 여자들은 남자들의 이런 심리를 알고 밸런타인데이를 준비해야 한다.

솔로일 경우

주변에 마음에 드는 남자가 있다면 미리 다양하고 괜찮은 모습을 보여줘야 한다. 밸런타인데이가 다가오면 평소 이성에게 관심 없던 남자라도 주변을 두리번거리기 때문이다. 밸런타인데이라는 정서가 남자의 외로움을 부추긴 것이다.

고백할 경우

고백의 기회를 노리고 있는 여자라면 이때를 놓치지 말고 고백하자. 이때 고백하면 남자 밝히는 여자라는 누명도 쓰지 않는다.

만일 거절당해도 계속 마주쳐야 한다면 초콜릿을 낱개로 주면 된다(한 봉지에 낱개로 포장된 초콜릿). 단, 낱개를 주더라도 그 남자에게만 줘야 한다. 확실하지 않은 만큼 그 남자의 눈치에 기댈 수밖에 없는 전략이다.

커플일 경우

초콜릿에 비중을 두지 말고 선물에 더 큰 비중을 둬야 한다. 초콜릿은 한두 번 먹을 정도로만 준비해도 충분하다.

자신의 사랑을 초콜릿의 크기로 표현하려는 유아적인 발상은 버리도록 하자(중·고등학교 때의 연애 습성이 성인으로까지 이어진 행동이다). 포장을 직접하고 편지를 써서 정성과 마음을 표현하면 된다.

밸런타인데이에 주는 편지 서식

'오늘 혼자 매장에 가서 자기가 좋아하는 아몬드 초콜릿, 박하사탕 등을 산 다음, 포장지로 포장하는 바람에 내 책상은 지저분해졌지만 좋아할 자기 생각하니까 즐겁다.'라는 내용을 편지에 담으면 쉽게 남자를 감동시킬 수 있다. 스마트 폰을 사용하면 모든 준비과정을 담아 선물의 스토리까지 보여줄 수 있다.

　냉정하겠지만 초콜릿 하나 준다고 달라지는 것은 거의 없다. 밸런타인데이에 남자는 초콜릿을 어떤 여자에게 받았는지만을 중요하게 여길 뿐이다. 받은 초콜릿은 친구나 가족에게 주거나 버리면 그만이다.

특별한 날일수록 편지를 써라.
편지는 마음을 애무할 수 있는 유일한 손길이며,
기분과 상황 때문에 사랑이 흔들릴 때
감정의 중심을 잡아준다.

여자가 **주도**해야 할
데이트 **장소**

허세를 부리기 위한 장소를 찾는 남자와 달리 여자는 저렴하고 맛있는 장소를 많이 알고 있어야 한다.

남자는 여자보다 자신의 수준을 먼저 낮추지 못한다. 능력은 남자의 자존심을 대변하기 때문이다. 최소 5만 원이 모일 때까지 데이트를 보류하는 남자도 많다.

"자기야, 우리 싸고 맛있는 데 갈래?"

남자 입장에서는 언제나 어려운 제안이다. 하지만 여자 입장에서는 다르다. 여자가 제안하면 남자는 의외의 상황에 호기심을 갖게 된다. 만약 비싼 음식만 먹을 것 같은 여자가 그러면 사람 자체가 달라 보이기도 한다. 유치한 계산법이지만 한국 남자는 그렇다. 알뜰함을 여자의 미덕으로 여기기 때문이다.

"잠깐만요, 저 할인 카드 있어요."

"영화관 팝콘은 비싸. 편의점 팝콘이 싸고 좋아!"

"아직 쓸 만해. 바꿀 필요 없어."

"조금만 걸어가면 되니까 택시 타지 말고 그냥 걸어가자."

"그건 백화점 세일 때 사자."

"이건 유행을 타지 않으니까 할인매장에서 사자."

"고등학교 때 자주 가던 분식집이 있어. 따라와!"

"자기야, 이 쿠폰 내가 챙길게."

"현금 영수증 처리를 해주세요."

단, 술집의 경우는 예외다. '여자가 어떻게 대폿집까지 알고 있지?' 라는 부정적인 추측을 하게 만들기 때문이다.

싸서 좋은 것이 아니라 싸고 좋은 것이어야 한다. 알뜰한 것과 가난에 길들여진 것은 다르다. 알뜰함은 현명함이지, 싼 것에 대한 맹목적인 집착은 아니다.

가난해도 귀티가 나는 여자가 있는데 그녀는 현명한 여자다. 가격과 상관없는 가치를 구현할 수 있기 때문이다. 그래서 가난해도 빛나는 것이다.

무조건 비싼 걸 좋아하는 여자가 싫은 이유는 무조건 비싸면 좋은 줄 알거나 질투심 때문에 꼭 가져야 하는 분별력 없는 마음 때문이다. 안타깝게도 이런 여자는 비싼 걸 사줘야 자신을 사랑한다고 착각한다. 진실한 사랑을 받은 적이 별로 없기 때문에 사랑을 줄 수도 없는 여자인 것이다.

89

매력적인 여자는
정해진 온도가 없다

차갑게 구는 자세는 효과적이지만 위험 부담이 크다.

남자: 식사는 하셨어요?

여자: 네.

단답형 대답은 여자의 전형적인 차갑게 굴기다. 하지만 잘못 사용하면 상대방을 영문도 모를 죄책감에 빠뜨릴 수 있다.

'아니, 내가 뭘 잘못해서 갑자기 차갑게 굴지?'

서로가 괜히 이상한 사람이 되고 만다. 그렇다면 '안전한 차갑기 굴기'는 뭐가 있을까?

• 밝은 표정으로 대화를 주고받는다. 말이 끊기면 무표정하게 창밖이나 옆을 5초 정도 응시한다. 그런 다음, 다시 웃으며 대화를 이어 나

간다. 이는 아주 고전적인 흑백기법이다.

- 친구에게 전화가 왔을 때 할 말만 하고 끊는다. 그 남자를 제외한 주변 사람들에게 다소 차갑게 군다. 날씨가 추울수록 따뜻한 온기가 생각나는 이치다.

- 남자친구보다 더 멋지게 차려 입고 나타난다. 적당한 긴장을 야기하는 기 죽이기 전법이다.

- "제가 낼 게요." 하면서 좀 더 비싼 걸 주문한다. 여기에 위축되는 남자가 의외로 많다.

- 확실히 남들보다 잘하는 것을 보여주면 그 실력만큼 끌리게 할 수 있다.

- 여자는 한 번쯤 등을 보이며 뒤돌아 누울 줄 알아야 한다. 당신에게 자신 있는 남자라면 뒤에서 꼭 껴안아 줄 것이다.

- 남자친구와 같이 길을 걷고 있는데 전단지를 받게 된다면 도도한 표정을 짓는다. 단, 어르신이 전단지를 나눠줄 때에는 상냥하게 받는다.

- 남자가 "○○○, 멋지지 않아?"라고 했을 때 "아니, 자기가 더 멋진데!"라고 해보자. 차가움과는 다소 거리가 먼 듯 보이지만 이 또한 차갑게 굴기다. 이 말을 하는 순간부터 ○○○보다 멋진 남자와 사귀게 된다. 차갑게 굴기의 목적은 어디까지나 자신의 가치 상승이다.

- "잘 가. 조심히 들어가."라며 손을 흔들고 뒤돌아선 후 그를 의식하지 않는다. 단, 차갑게 굴기는 외모와 조건에 따라 제로섬 게임이 될지도 모른다.

얼음은 녹아야 섞일 수 있다. 하나에서 둘이 되고 싶다면 서로 녹일 수 있는 온도가 되어야 한다. 얼지 않을 만큼의 온도를 보존해야 함께 섞일 수 있는 것이다.

남자는 차가운 여자에게 약한 것이 아니라
차갑지만 따뜻한 여자에게 약하다.

90

기대감 깨는 여자가
기대되는 여자다

기대를 깨는 여자가 남자의 눈에 멋있어 보인다. 남자는 예측할 수 없는 여자의 모습을 기대한다. 그렇다면 남자의 기대를 깰 수 있는 방법에 대해 알아보자.

- "제가 차를 갖고 와서요, 여기서 잠시만 기다리세요." 그녀의 직업이나 이미지를 보니 최소한 중형차라는 판단이 섰다. 그런데 차는 경차였다. 왠지 그녀가 더욱 멋져 보이기 시작했다.

- "그냥 사서 먹자! 도시락은 무슨! 나가면 먹을 게 얼마나 많은데…." 그런데 다음 날, 그녀는 직접 싼 도시락을 내밀며 이렇게 말했다. "새벽에 일찍 깼지 뭐야. 잠도 안 오고 심심해서 그냥 만들어 봤어. 먹기 싫으면 먹지 말든가."

- 평소보다 식사비가 많이 나왔다. 오늘 저녁을 산다고 했으니까 당연히 내가 계산할 거라고 생각했다. 그런데 내가 화장실에 다녀온

사이, 그녀가 미리 계산을 했다.

- 항상 원피스만 입던 그녀가 오늘은 어쩐 일로 타이트한 골반 청바지를 입고 나왔다. 약간 바람피우는 기분이 든다.
- 평소 영어를 단 한 마디도 하지 않던 그녀가 외국인이 길을 묻자 영어로 술술 설명하는 것이 아닌가. 유치하지만 남자는 이런 모습으로 여자를 다시 보기도 한다. 여자의 지성은 섹시함과 비례한다.
- 빈틈이 없어 보이던 그녀가 슬픈 영화를 보며 눈물을 흘릴 때, 공포 영화를 보며 비명을 지를 때, 남자는 정이 든다.

남자들은 요즘 여자들에 대해 '분수 모르고 돈만 밝힌다.', '이기적이고 배려심이 없다.', '개념 없고 대화가 통하지 않는다.', '자연 미인이 드물다.', '남자를 무시한다.'라고 생각한다. 만일 당신을 그렇게 생각하면 빨리 체념하고 다른 여자를 찾으러 갈 준비를 할 것이다.

그런 남자의 기대를 깨면 된다. 그 기대가 어긋날수록 요즘 여자들 중에서 특별한 한 여자가 되는 것이다.

누구나 상대방에게서 자신의 모습을 기대한다.
그래서 자신의 모습을 발견할 수 없을 때 가장 실망한다.

91

지혜가 있어야
남자를 바꿀 수 있다

어떤 여자든 사랑하는 남자가 생기면 지금보다 더 괜찮은 남자로 만들어주고 싶어 한다. 이는 모든 여자들의 공통된 바람이다. 하지만 방법을 모르면 변화시키기 어렵다. 남자 입장에서는 자신이 부족하니까 여자가 욕심을 부린다고 생각할 수 있다.

남자를 변화시키기 위해서는 먼저 그 남자의 세상부터 인정해줘야 한다. "자기야, 더 열심히 돈 벌어서 외제 차로 바꾸자."보다 "나는 자기 차를 탈 때가 가장 편해."라고 말하는 것처럼 말이다.

그 남자가 가진 세상부터 존중해준 다음, 더 나은 세상으로 인도해야 (그 남자를) 움직일 수 있다. 반대로 그 남자를 변화시키겠다는 이유로 남자의 현재 왕국을 부정하고 다른 더 큰 왕국을 제시하며 자극을 준다면 반감만 살 뿐이다. 그 남자가 가진 것들을 소중하게 여기고 만족감을 심어줄 때 더 큰 이상을 향해 나아가게 된다.

- "자기야, 이것은 별로야! 저게 더 좋아!" → "이것도 어울리지만 자기에게는 저게 더 고급스러워."
- "자기야, 배가 너무 나왔어! 아저씨 같아! 살 좀 빼라!" → "자기는 체격이 좋아서 조금만 운동해도 몸짱이 될 것 같아!"

부족해서가 아니라 더 빛내주고 싶어서 그렇게 말하고 행동하는 것인데 남자는 여자가 자신을 부정한다고 착각한다. 이럴 경우의 반감은 여자들이 상상하는 그 이상이다. 그래서 여자들의 합리적인 제안에도 억지 고집을 피우기도 한다.

누구보다 자신의 상황은 자신이 가장 잘 파악하고 있다. 게임에 빠져 있는 남자는 그 상황을 누구보다 잘 알고 있기 때문에 게임의 세계로 도피한 것이다. 결코 자신의 상황을 잊고 있어서가 아니다. 따라서 우선 남자의 처지를 인정해준 다음, 희망을 제시해줄 때 게임의 세계에서 구해낼 수 있다. 공주는 그런 식으로 왕자를 구한다.

남자를 바꿀 수 있는 여자는
남자에게 자신감을 심어주는 여자다.

마지막까지
빛나게 만드는 매너

남자는 여자의 매너를 통해 내면의 아름다움을 예측한다. 남자의 가치를 존중해주면 여자의 가치도 상승한다. 그렇다면 매너 있는 여자가 될 수 있는 방법은 무엇이 있을까?

- "감사합니다." 남자를 대할 때 가장 기본적인 여자의 매너다.
- "아까는 갑자기 사람들이 찾아와서 경황이 없었어." 상황 설명이 없으면 남자는 무시당한다고 생각한다.
- "나는 다이어트 때문에 굶을래." 그는 지금까지 일하다 왔다.
- "자기 괜찮아?" 한 번만 더 물어본다. 남자는 그걸로 충분하다.
- 수저가 깨끗한지, 컵이 더럽지 않은지 확인해준다. 남자는 그런 것을 잘 보지 못한다.
- 5분이라도 늦을 것 같으면 전화나 문자로 미리 알려준다. 약속 시간에 늦는 것을 아무렇지 않게 생각해서는 안 된다. 결국 쌓이면 빚

이 된다.

- 세 번 정도 자신의 집과 가까운 곳에서 만났다면 한 번 정도 남자의 집과 가까운 곳에서 만나라. 남자는 그 정도를 적당하다고 여긴다.
- 놀이동산에 가는데 높은 힐을 신고 나타나면 남자는 부담을 느낀다. 많이 걸어야 한다면 발이 편한 신발을 신는다.
- 또 늦을 것 같아 화장 안 한 얼굴이 예쁘다고 말했을 뿐이다. 매번 민얼굴(일명 '쌩얼')로 나타나지 마라. 무성의한 치장만으로도 남자는 무시당한다고 생각한다.
- 남자가 계산할 때 옆에 있어 준다. 친구까지 불러놓고 화장실에 가면 남자는 열을 받는다.
- 선물을 사준 날에는 저녁만큼은 여자가 사야 한다고 생각한다. 그리고 이를 정당한 권리라고 여긴다.
- 남자가 이야기하고 있는데 화장을 고치지 마라. 필자는 분명히 심각한 이야기를 하고 있는데 거울에 빠져 있는 여자를 본 적이 있다.
- 남자가 하는 일 자체의 의미를 존중해준다. '얼마를 번다.'의 관점이 아니라 '어떤 일이다.'의 관점을 갖고 조금은 감상적으로 접근할 필요성이 있다. 이는 남자의 자부심과 직결된다.

남자의 사회에는 상하 직위가 존재한다. 상하 수행과정을 통해 자존감에 상처받거나 순응하면서 약해진다. 또한 세상은 늘 어떤 남자인지보다 어떤 자격을 갖춘 남자인지를 더 중요하게 여긴다.

남자끼리는 절대로 서로를 알아주지 않는다. 그래서 남자들은 점점 자존감을 잃어간다. 이때 여자의 매너는 남자의 마음을 어루만져준다.

남자의 가치를 확인시켜 주면 남자는 그녀를 통해 가치를 깨닫는다. 그렇게 되면 남자는 여자를 통해 충전될 수 있다. 다시 강한 남자가 되어 세상과 맞서 싸울 수 있는 것이다.

만약 당신을 통해 그 남자가 가치를 깨닫는다면,
아무리 괜찮은 여자가 나타나도 쉽게 흔들리지 않을 것이다.

자기만의 **향기**가 있어야
기억에 남는다

필자가 고등학생일 때 그녀가 선곡한 노래가 담긴 카세트테이프를 선물 받았다. 그 이후부터 거리에서 카세트테이프에 담긴 노래가 울려 퍼질 때마다 그녀가 떠올랐다. 그렇다. 그녀가 녹음한 것은 노래가 아니라 '기억'이었다.

때로는 기억 속에서 사랑을 확신하거나 정리하기도 한다. 그때 기억할 수 있는 도구가 있다면 마음이 달라진다. 그렇다면 나를 기억하게 만들어 줄 도구에 대해 알아보자.

칭찬

남자는 칭찬을 갈구한다. 그런데 여자는 칭찬을 잘해주지 않는다. 칭찬을 해주면 그가 날개를 달고 날아갈 것 같아 두렵기 때문이다. 하지만 남자는 칭찬을 해주는 여자에게 머문다. 그녀 외에는 칭찬해주는 사람이 별로 없기 때문이다.

자필 편지

그와 함께 했던 행복한 순간들을 꾹꾹 눌러 쓴 편지에 담아 보내라. 남자는 흔들릴 때 그녀가 보낸 편지를 보면서 감정을 가다듬는다. 편지만으로 오랫동안 기억에 남는 여자가 될 수 있다. 필자는 연애하면서 단 한 장의 편지도 쓰지 않은 여자의 사랑을 믿지 않는다.

정성이 담긴 선물

남자는 여자와 사귀면 정성을 기대한다. 사랑을 표현하지 않는 여자의 웅변은 '정성'이다. 어설픈 십자수라도 상관없다. 정성은 많은 것을 용서하고 그 어떤 것과 비교되지 않는다.

필자가 군대에 있을 때 그녀에게 받은 일기장을 아직도 간직하고 있다. 그 일기장에는 그녀의 사진과 짧지만 여운이 긴 시, 그리고 필자와 함께한 시간들이 고스란히 담겨 있었다. 정성은 헤어진 사람에 대한 예의가 되기도 한다.

향수

남자는 향수를 몰라도 여자의 향기를 좇는다. 향기는 그녀를 남자의 후각 속에 남겨두게 만든다. 또한 묘한 환상까지 불러내어 그녀의 이미지를 풍성하게 장식한다.

개인적으로 여자의 향수로 다비도프 쿨 워터 우먼, 돌체 앤 가바나 라이트 블루, 크리스찬 디올 자도르를 추천한다.

장소에 대한 호응

그 장소가 여전히 기억에 남는 것은 그녀의 호응 때문이었다. 그래서 혼자 올 때면 같은 장소라도 그때와는 다른 느낌이다. 그녀가 좋아했던 장소였기 때문에 기억에 남는 것이다.

그녀는 마이쮸를 좋아했다. 만날 때마다 마이쮸를 사달라고 했다. 그래서 그녀를 만나러 갈 때면 어김없이 편의점에 들러 마이쮸를 샀다. 그렇게 그녀를 만날 때마다 뭔가를 줄 수 있는 기쁨을 느꼈다.

이제는 더 이상 마이쮸를 사지 않아도 된다. 그녀가 곁에 없기 때문이다. 하지만 여전히 편의점에 가면 마이쮸가 눈에 들어온다. 마이쮸만 보면 그녀가 기억난다.

사소한 것들을 원하는 여자는 남자의 기억에 오랫동안 남아있다. 왜냐하면 그녀를 통해 남자는 많은 것을 해줄 수 있었기 때문이다.

잊을 수 없는 여자가
되기 위한 **10가지 법칙**

1. 느낌이 다른 여자란, 같은 공간에서도 다른 느낌으로 표현할 줄 아는 여자
   다. 단골 가게에서도 감흥을 놓치지 마라.

2. 당신이 보낸 편지들은 그가 사랑을 헷갈릴 때, 자신의 감정이 어떤지를 명
   확하고 구체적으로 떠올리게 한다. 이별 이후에도 편지는 여전히 기억하
   게 만든다.

3. 작은 것을 원하는 여자는 남자에게 많은 것을 해줄 수 있는 기쁨을 안겨준
   다. 여자가 남자에게 줄 최고의 선물은 '해줄 수 있는 기쁨'이다.

4. 그가 얼마나 괜찮은 남자인지를 잊지 않도록 영광스러웠던 순간들을 상기
   시켜줘라. 남자는 그녀를 통해 자신의 자존감을 회복하고 싶어 한다.

5. 그때의 그 향기, 그 표정, 그 숨소리 등 의외로 오랫동안 기억에 남는 것은
   준비한 내 모습이 아니라 찰나의 내 모습이다.

6. "이걸 볼 때면 항상 내 생각하기다." 기억은 기억하려는 노력 안에서만 존재한다.

7. 남자는 자신이 부족했던 순간들을 더 오랫동안 기억한다. 그 순간 함께 했던 그녀 역시 마찬가지다.

8. 일상의 범위는 의외로 소박하다. 그 소박한 범위 가운데 애정의 흔적들을 남겨둬라.

9. 남자는 이대로 죽어도 여한이 없다고 말하며, 여자는 이대로 영원히 시간이 멈췄으면 하고 말한다.

10. 우리는 기억하고 싶어 하는 것만 기억한다.

당신은 눈을 감으면 어떤 기억으로 펼쳐지는 사람인가?

7장

연애 결(結) 가치 있는
여자라면 헤어져도 괜찮다

94

남자의 이별은 **냉정하다**

    남자는 미련 때문에 이별을 보류하지 않는다. 단지 이별 방법을 모를 뿐이다. 헤어질 결심을 했다면 정확하게 헤어지자고 말하지는 않지만 끊임없이 이별의 신호를 보낸다. 여자가 신호를 해석하지 못했을 뿐이다. 다음과 같은 신호는 바로 이별이라고 보면 된다.

- "또 나한테 왜 그러는데?" 이제 자신이 고칠 이유는 없다. 그녀 곁을 떠날 것이기 때문이다. 모든 잘못을 그녀의 탓으로 돌리게 된다.
- "사랑이 밥 먹여 주냐?" 감정을 이성적으로 판단한다.
- "나 요즘 일 때문에 너무 힘들어. 날 가만히 좀 놔둬." 여자가 남자의 일에 관여하기는 힘들다. 남자는 이 사실을 이미 알고 있으며 활용하는 것이다. 특히 그녀가 귀찮아지기 시작했을 때부터.
- 함께 있어도 뭔가 다른 일을 찾는다. 책을 보거나 음악을 듣거나 창밖을 응시한다. 이제 더 이상 당신에게 흥미가 없다.

- 길에서 싸우거나 싸우다 집에 간다. 이 일로 인해 당신을 놓치더라도 괜찮기 때문이다.
- 집이 망했다고 한다. 이 방법은 헤어지고 나서 달라붙을 것 같은 여자에게 사용하는 극약처방이다.
- 언젠가부터 자꾸만 돈을 언급하기 시작한다.
- 공간에 대한 배려가 없다. 싸구려 모텔에서 자신의 욕망에만 충실할 뿐이다.
- 스킨십 이후의 공허감, 그의 껍데기와 함께 있는 것 같은 허전한 느낌이 든다면 이미 당신은 직감으로 이별을 예감했을 것이다.

그의 미안함에 약해지지 마라. 완전히 이별을 결심한 남자만이 여자에게 미안해한다. 당신에게 약해서 미안해하지 않는다. 당신이 이별에 수긍해주기를 원해서 미안해한다.

"그래, 우리 헤어져."

여자가 이렇게 말하자 남자는 다시 한 번 미안하다고 한다. 하지만 여자가 사라진 길에서 만세를 부를지도 모른다. 그 말을 듣고 바로가 아니라 어느 정도 시간이 지난 후에 말이다. 남자는 그런 식으로 여자에게 이별을 배려한다.

남자는 질려서 헤어지고,
여자는 가장 사랑할 때 헤어진다.
그래서 여자의 이별이 더 슬프다.

95

또 다시 나를 모를 때
권태기를 극복할 수 있다

오래 사귀면 대부분 권태기가 온다. 권태기가 오면 예전 같지 않은 사랑을 탓한다. 하지만 권태기는 감정 때문이 아니라 가치 때문에 온다. 상대방의 가치가 떨어졌기 때문에 예전 같지 않은 것이다. 예를 들어, 처음에 봤을 때 괜찮은 옷으로 보여 무리해서 6개월 할부로 샀지만 몇 개월 지나면 할부금이 아깝게 느껴진다. 그 몇 개월 동안 옷의 가치가 떨어진 것이다.

사람은 가치가 떨어졌을 때 사랑을 버린다. 그 사람과의 관계에서 끝이 보인다면 끝낼 수밖에 없다. 너무나 인간적인 결과다.

사랑하면서 내 성장의 시계가 멈춰서는 안 된다. 그는 갈수록 괜찮은 사람이 되는데, 사랑에만 호소하는 나는 그대로라면 관계는 균형을 잃는다. 이 사실을 모르는 여자는 예전 감정에만 기댄다.

'처음에는 안 그랬는데….'

'다시 처음처럼 설렐 수 없을까?'

'처음 만난 그때로 다시 되돌아가고 싶어.'

만약 정말 그때로 되돌아가고 싶다면 과거를 그리워하면서 멈춰 있으면 안 된다. 새로운 자신의 가치를 발견할 때, 새로운 설렘도 가능하다. 유동적인 감정이 아니라 유동적인 가치에 의존할 때, 사랑을 오랫동안 유지할 수 있다.

"나 오늘부터 운동 시작했어."

(예를 들어) 이렇게 오후 8시부터 9시까지 세상과 거리를 두자.

'요즘 내가 그에게 말을 너무 막 했어. 이제 말을 예쁘게 해야지.'

그렇게 그를 존중할 수 있을 만큼 거리를 두자.

나를 잃어버리게 했던 것들과 조금씩 거리를 두며 나를 찾을 때, 남들보다 특별한 여자가 될 수 있다.

돌아가고 싶었던 처음 그 순간은 나를 모를 때다. 나를 알고 있는 지금, 나를 몰랐던 그때의 감정으로 돌아갈 수는 없다. 그래서 그가 몰랐던 또 다른 모습을 통해 새로운 감정을 심어주는 것이다. 그 새로운 감정을 통해 다시 나를 모르게 될 테니까.

다 알면 귀찮아진다.

96

꼭 그와 **헤어져야 하는 이유**

그는 나에게 미련이 없다. 미련 때문에 이별을 보류하고 있는 것이 아니다. 마땅한 이별 방법을 찾지 못해서 망설이고 있을 뿐이다.

여자의 이별은 남자와 다르다. 남자는 사랑이 식었을 때 이별하지만 여자는 가장 사랑할 때 이별하기 때문이다. 그래서 그를 놓아주지 못한다. 더 괜찮은 남자를 소개시켜 준다고 해도 소용이 없다.

그가 아무리 차갑게 대하고 무시해도 이해하려고 노력한다. 없는 돈을 구해 빌려주기도 하고 그의 다른 여자까지 용서한다. '사랑하니까.'라며 자신을 위로한다.

필자는 이런 여자의 마음을 잘 알고 있다. 어떻게든 사랑을 지키고 싶었던 소중한 그 마음을 말이다. 하지만 냉정하게 말해주고 싶다. 앞에서 말한 '그'는 여자의 가치를 모르는 남자다. 이것은 여자의 잘못이 아니다. 어떻게 할 수 없는 부분이다.

개 눈에는 개밖에 보이지 않듯이 자신의 관점으로 세상의 가치를 구분한다. 아무리 가치 있는 여자라도 그가 가치를 보지 못하면 무가치한 여자가 될 뿐이다. 그래서 그의 잘못을 고칠 수 없다. 아무리 그의 마음에 들기 위해 노력해도 그가 볼 수 없다면 여전히 부족한 사람이 되는 것이다. 여자의 내면 사이즈보다 가슴 사이즈를 더 큰 가치로 여기는 남자라면 가슴이 큰 여자를 만날 수밖에 없다.

그런 남자라면 이제 보내주자. 내가 못나서가 아니라 그는 나의 사랑을 받을 만한 그릇이 못되는 것이다.

자! 이제 그만 자자. 오늘은 화장을 지우지 않고, 그냥 자도 된다.

최선을 다했는데도 상대방이 알아주지 않는다면 소용없다. 아무리 괜찮은 여자라도 가슴이 작아서 버림받을 수 있으니까. 상대방이 기분에 따라 언제든 도망가기 때문에 연애가 허무한 것이다. 하지만 후회하지 않는 이유는 그런 부족한 상대방을 만나 자신을 통찰할 수 있는 기회를 얻었기 때문이다. 그 사람이 아니었다면 어떻게 나의 나약한 면모와 부끄러운 모습을 마주할 수 있었겠는가?

97

정말 **재회**하고 싶다면

남자가 헤어지자고 했을 때 애원하지 마라. 지금 당장 마음을 돌리고 싶어도 참아라. 추억도 이기적이라서 이별할 때는 좋지 않았던 추억만 떠올린다.

"이제부터 정말 잘 할게. 다시는 그러지 않을게."

여자가 이럴수록 남자는 질려 버린다. 남자는 즉흥적으로 이별을 말하지 않는다. 이미 예전부터 이별을 결심했다. 이제는 여자의 단점만 보일 뿐이다. 이제 헤어져야 할 시간이 온 것이다. 지금은 그저 슬픈 표정을 지을 수밖에 없다.

그가 연락할 때까지 먼저 연락하면 안 된다. 물론 힘들고 아프지만 이 방법밖에 없다. 어딜 가든 그와 함께 했던 추억뿐이고 날 좋아한다는 달콤한 고백도, 영원히 나를 사랑하겠다는 굳건한 맹세도 모두 지워야 한다.

그래도 일주일만 참아 보자. 집에만 있고 싶으면 그래도 된다. 한꺼

번에 햄버거를 3개나 먹어도 된다. 울고 싶으면 펑펑 울어도 된다. 일주일 동안만 그에게 매달리지 않으면 된다. 일주일 안에 첫 번째 심경 변화가 나타나기 때문이다. 재회의 가능성이 있는 남자라면 일주일 안에 돌아온다. 그래서 그때까지 참고 있으라는 말이다.

그 남자는 당신과 떨어지면 동선이 바뀐다. 바뀐 동선은 새로운 자극을 준다. 이 자극이 좋았던 추억을 상기시켜 준다. 아직 돌아갈 수 있는 시기라고 믿기 때문에 다시 돌아갈 생각을 한다.

만약 일주일 안에 돌아오지 않는다면 언제 돌아올지 장담할 수 없다. 다른 여자와 만난 다음에 돌아올 수 있거나 영원히 돌아오지 않을 수도 있다.

헤어지고 나서 믿을 수 있는 것은 함께 했던 추억뿐이다. 그래서 헤어지기 전에 소중한 추억이 많아야 한다. 이별하면 그 어떤 방법도 차선책일 뿐이다.

자신도 알았던 것이다. 이제 다시 그를 볼 수 없다는 것을.
그래서 통쾌하게 울고 불며 매달렸는지도 모른다.
더 이상 돌아보지 않게.

98

연애를 **다시 시작**하다

많은 사람들이 연애를 잘하고 싶어 한다. 과연 연애를 잘 하는 것이 무엇일까? 쉽게 사귀거나 오래 사귀면 연애를 잘하는 것일까? 밀고 당기기를 잘하거나 남자를 갖고 놀면 연애를 잘하는 것일까? 돈 많은 남자와 결혼하면 연애를 잘하는 것일까?

'연애를 잘한다.'는 어떤 정의가 아니라 개별적으로 추구해야 할 가치다. 스스로 의미를 부여하는 것에 따라 연애의 가치가 달라지니까 말이다.

그런데도 많은 사람이 자신의 관점 없이 막연하게 연애를 잘하려고만 한다. 또한 연애를 통해 자신의 욕망만을 충족시키려 한다. 자신에게 잘해주면 '착한 연애', 못해주면 '나쁜 연애'로 이분법적이고 유아적인 판단을 하게 된다.

설령 잘생기고 돈 많은 남자와 사귄다고 치자. 그러면 그다음에는? 그다음에는 뭘 할 건가? 그저 만나서 의미 없이 서로 먹고 마시기만

한다면? 그렇다면 반드시 서로에게 실망하고 후회하기 마련이다. 필자가 생각하는 '연애를 잘한다.'는 다음과 같다.

- 자신을 알기 때문에 자신과 어울리는 상대방을 알 수 있다.
- 서로가 더 괜찮은 사람이 되기 위해 노력한다.
- 자신을 아끼고 사랑해야 상대방을 배려해줄 수 있다.
- 서로의 장점과 단점을 수용해야 상대방을 용서할 수 있다.
- 어떤 행위를 추구하지 않아도 대화만으로 서로의 영역을 확장할 수 있다.
- 자존감이 있어서 상대방이 잘 되어도 두렵지 않고 진심으로 응원해준다.
- 자신의 가치를 아는 만큼 상대방의 가치를 존중해줄 수 있다.
- 서로의 생각이 달라도 포용하고, 수용하고, 용서해줄 수 있다.
- 각자의 취향과 기호가 분명해 서로의 문화를 교류할 수 있다.
- 교양 있는 사람은 서로 싸워도 발전한다. 왜냐하면 억지투정이 아니라 의견의 다툼이기 때문이다.
- 서로에 대한 믿음이 있기 때문에 각자의 자유시간을 존중해준다.
- 사랑하는 사람이 있어서 자신의 일에 더 충실할 수 있다.
- 주관이 분명해 주변 사람들의 말에 쉽게 동요하거나 흔들리지 않는다.
- 분별력이 있어서 데이트할 때 아무 데나 가지 않고 서로에게 이상적인 공간을 선택한다.
- 사랑을 구걸하지 않으니 아닌 것은 아니라고 한다.

- 순간 잘 보이기 위해서 거짓말을 하지 않는다.
- 서로가 영감을 주고, 자극받을 수 있어서 나날이 성장한다.

이렇게 연애하는 사람은 시간이 지날수록 알게 된다. 비록 외모와 조건이 그렇게 뛰어나지 않지만 자신과 잘 어울리는 사람이라는 것을, 상대방보다 괜찮은 사람은 많아도 자신과 가장 가까워질 수 있고 대화가 통하는 유일한 사람이라는 것을, 그 사람과 함께 노력하고 성장하면 힘이 되는 사랑이라는 것을 말이다.

시간이 지나도 의미 있었기에 후회 없는 연애가 '잘하는 연애'다. 또 다시 사랑이 찾아오면 그런 연애를 할 수 있기를 희망한다.

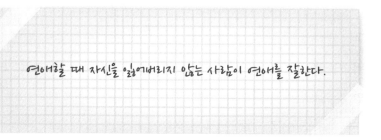

연애할 때 자신을 잃어버리지 않는 사람이 연애를 잘한다.

못생겨도 괜찮다

못생겼다는 것은 응고된 관점이 아니라 유동적인 관점이다.

사람의 얼굴에는 정착되는 부분이 있다. 그 사람의 총체적인 현재 질량 상태를 말하는데 생각, 표정, 말투, 취향, 태도에 따라 논리가 아닌 느낌으로 인식되는 것이다. 이 부분에 따라 못생긴 얼굴이 예뻐 보이거나 예쁜 얼굴이 못생겨 보일 수 있다.

그런데 많은 여자가 그저 단순히 얼굴만 예쁘면 미인의 특혜를 누릴 수 있다고 착각한다. 이것이 바로 얼굴을 제대로 통찰하지 못한 사람들의 편견과 착각이다.

어디까지나 못생김은 '항상'이 아니라 '때때로'다. 처음 봤을 때의 '때', 계속 봤을 때의 '때', 나중에 봤을 때의 '때', 이 '때'에 따라 추리적으로 인식되는 것이다. 그래서 첫인상이 나빠도 내면만 잘 갖춘다면 때때로 좋은 인상을 심어줄 수 있다.

얼굴은 현재 그 사람의 영적 상태를 그대로 반영한다. 성형한 얼굴도, 그러한 영적 상태를 갖고 있기 때문에 그렇게 고쳐진 것이다.

먼저 자기 자신을 못생겼다고 평가하기 전에 현재 자기 자신이 어떤 상태인지를 의식할 필요성이 있다. 자신이 어떤 취향을 갖고 있는지, 어떤 하루를 보내는지, 어떤 생각을 갖고 사는지, 왜 사는지 등을 말이다. 이러한 자기 상태의 의식을 통해 인상을 바꿀 수 있다.

못 생겼다는 것도 현재의 상태일 뿐 영원히 변하지 않는 상태가 아니다. 자신의 얼굴은 언제든 바뀔 수 있으므로 못생겼다고 비관하지 말고 자신을 의식하면서 자기만의 질량을 채우기 위해 노력할 줄 알아야 한다. 그때 비로소 잘생기고 못생기고를 떠나 '귀한 얼굴'이 존재한다는 것과 인간의 얼굴에서 '얼'이 느껴진다는 것을 알게 된다.

못생겨서 무시당한다고 생각하지 마라. 못생겨도 범접할 수 없는 포스나 강한 기운 때문에 쉽게 무시하지 못하는 사람들도 존재한다.

눈, 코, 입이 아닌 총체적인 느낌으로 접근하라. 정신에 무엇을 담고 있는가, 어떤 마음으로 보는가, 어떤 생각으로 말하는가, 어떤 의지로 움직이는가, 어떤 표정으로 감정을 표현하는가 등에 따라 얼마든지 얼굴이 다르게 느껴질 수 있다. 그래서 이 세상에는 보면 볼수록 끌리는 얼굴이 존재하는 것이다.

예쁘고 잘생긴 사람 앞에서 위축되지 마라. 짐승은 자신이 못생겼다고 해서 절대로 먹이를 양보하지 않는다. 내면의 힘을 키워라. 그러면 대화를 나눠보지 않는 이상, 외모만으로 상대방에게 위축되는 일은 없다. 아무리 예쁘고 잘생겨도 말을 나누는 순간, 참으로 저급하다고 느낄지 모른다.

중심 잡고 자기답게 사랑하라

남자가 뭔가 물으면 여자는 거의 대부분 괜찮다고 한다. 정말 괜찮다면 상관없다. 하지만 상대방이 자신을 싫어할지 모른다는 두려움 때문에 괜찮다고는 하지 마라.

누구나 특별한 사람과의 사랑을 꿈꾼다. 하지만 자신의 주관과 의견이 없으면 평범한 여자로 전락한다.

특별한 사람은 자기중심적인 사람이다. 그래서 명확하게 자신의 의사를 표현할 수 있고 자기 의견이 곧 창조적으로 세상을 확장한다.

자기다운 사람이 되기 위해서는 자신을 알고 있어야 한다. 만약 자신이 스파게티를 좋아한다면 정말 맛있는 스파게티 전문점을 알고 있어야 한다. 내가 좋아하는 것이니까 자신에게 배려하는 것이다. 그러면 그 전문점에서 스파게티를 먹을 때 "정말 좋아!"라고 말할 수 있다. 이러한 느낌 하나가 바로 자기 주관이며 창조성이다. 왜냐하면 이 세상에 하나밖에 존재하지 않는 자기 의견이기 때문이다. 이런 식으로 하나둘 자신에 대한 느낌을 심어줄 때 남과 다른 사람이 된다.

무조건 괜찮다고 말하지 마라. 아닌 것은 아니라고 분별할 줄 알아야 한다. 잘해준다고 해서 결코 사랑이 오랫동안 유지되는 것은 아니다. 특히 여자들은 사랑에 잡티 하나 허용하고 싶지 않은 생각 때문에 마음이 불편해도 넘어가는 경우가 많다. 하지만 그렇게 쌓이면 이렇게 해도 되고, 저렇게 해도 되는 여자가 될지도 모른다. 그러면 상대방과 의견을 교환할 수도, 서로가 자극받거나 성장할 수도 없게 된다. 즉, 서로가 존경할 수 있는 사람이 되지 못하는 것이다. 아닌 것이 있다면 아니라고 말할 수 있어야 하며 무조건 참아서도 안 된다.

나만의 생각, 언어, 취향, 기호, 표정, 태도 등이 나만의 힘이 되어 누군가의 마음에 권력을 행사한다. '나답다.'는 낯선 상태가 호감을 심어주며 이 호감이 깊은 감정으로까지 이어질 수 있기 때문이다.

낯설고 낯선, 단 하나의 내가 되길 바란다. 온전히 나로서 존재할 때, 가장 강해진다. 아쉬움도, 후회도 없으며 단지 나에게 만족할 수 있다. 이것이 바로 자기중심이자 여자 중심으로 사랑을 이끌어 나갈 수 있는 비결이다.

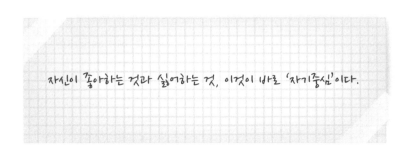

자신이 좋아하는 것과 싫어하는 것, 이것이 바로 '자기중심'이다.

이별을 극복하기 위한
10가지 법칙

1. 남자는 사랑이 식었을 때 이별하고, 여자는 가장 사랑할 때 이별한다. 그래서 여자의 이별이 더 슬프다.

2. 권태기 때문이 아니라 자신의 가치가 떨어졌기 때문에 이별하는 것이다.

3. 남자는 그녀가 더 괜찮아졌을 때 다시 돌아온다.

4. 즉흥적인 이별은 없다. 헤어질 만했기 때문에 헤어진 것이다.

5. 짝사랑은 자신만의 의지로 이별을 만류하는 사랑이다.

6. 이별을 통해 우리는 자신을 바로 볼 수 있으며 자신의 치명적인 결점까지 근접할 수 있다. 그래서 이별이 사람을 성숙하게 만들어준다.

7. 헤어진 이유는 반드시 또 다시 반복된다. 다시 만나더라도 같은 이유 때문에 헤어진다.

8. 나를 더 사랑해주는 남자를 만나서가 아니라 나를 더 사랑하는 내가 될 때 이별을 보류할 수 있다.

9. 아둔한 여자는 이별하면 자신의 인생에서 사랑은 죽었다고 단정 짓는다.

10. 헤어진 후 남자의 마음을 돌리기 어려운 이유는 적어도 한두 달 전부터 이별을 결심한 다음, 망설이고 망설인 끝에 이별을 말했기 때문이다. 그를 돌릴 수 있는 설득력은 오직 추억뿐이다.

모든 이별은 더 성장하기 위한 이유를 동반한다.
그래서 사람은 이별을 극복할 수 있다.

자존감이 흔들릴 때
자기중심을 잡아라

사랑은 식어서 질리는 것이 아니다. 가치가 없기 때문에 질리는 것이다.

사람은 항상 더 큰 가치를 향해 나아간다. 따라서 현재 자신에게 만족하지 말고 앞으로 더 괜찮은 사람이 되기 위해서 노력해야 한다. 그러기 위해서는 평소 깨어 있는 정신으로 자신을 의식하고 자신에게 주어진 시간을 의미 있게 활용할 줄 알아야 한다. 이렇게 축적된 가치가 쉽게 흔들리지 않는 자아를 형성하고 세상의 중심에 설 수 있는 무게추가 된다.

물론 시간이 지나면 또 다시 열정에 빠져 자신의 나약함과 마주치겠지만 이 책과 함께 자기모순들을 하나하나 발견하고 고친다면 누구를 만나든 적어도 자기 자신을 잃어버리지는 않을 것이다.

어차피 영원한 자존감은 없다. 어제 최고였지만 오늘은 누구보다 초라하게 느껴질지도 모른다.

우리는 자존감을 유지하기 위해서가 아니라 성장하기 위해서 존재하며, 어제보다 나은 오늘의 내가 될 수 있다면 자신에게 만족할 수 있다. 그렇게 자신에게 만족할 때, 강한 확신과 주체성이 생기고 비로소 누군가에게 '나'를 강조할 수 있으며 자신을 잃어버리지 않는 경계에서 중심 잡고 사랑을 이끌어 나갈 수 있게 된다.

끝으로 이 책을 통해 많은 사람이 영감받고 성장할 수 있길 바란다.

정신 공황이 오고 있다. 많은 사람들이 불안해한다. 하지만 이 세상에 불안하지 않는 사람은 존재하지 않는다. 다만 저마다 불안 속에서 각자 자신만의 의미를 발견할 수 있을 뿐이다.

모두가 불안하다. 촛불은 언제 꺼질지 항상 불안하다. 그렇지만 불안해도 촛불을 대신할 수 있는 느낌의 불빛은 존재하지 않는다.